「俺の名前はスキア。よろしく、婚約者殿」
男爵令嬢
ミスティア
光の大精霊
スキア

炎の精霊
シャイターン
水の精霊
アリエル
男爵令嬢
アリーシャ

風の精霊
シシャ
「お前は俺たちの主人にふさわしくない、
契約破棄してくれ！」

「本当にどこまでもお優しいのだな。
従属したからといって、
痛みが同調するわけではない。
ただ、あなたが傷つくのを見たくなかった。
見ればその相手を殺したくなるから。
……あなた自身じゃ、殺せないだろう？」
（こ、怖い）

精霊に『お前は主人にふさわしくない、契約破棄してくれ！』と言われたので、欲しがっている妹に譲ります
著
風野フウ
Fu Kazeno
画
TCB

Contents

プロローグ　冷徹女

「お前は俺たちの主人にふさわしくない、契約破棄してくれ！」

レッドフィールド家の裏庭、橙《だいだい》の陽《ひ》が夕霧に溶けている。

そこには一人の少女と、彼女に対峙《たいじ》する四人の人物。ざわ、と薄暗い影を含んだ木々が風に音を立てた。

「精霊様方もこう仰《おっしゃ》っていますし、崇高なるお力をベストな状態で奮っていただかねば。お姉様、どうか契約主の御立場《おたちば》を私に譲ってくださいませ！」

精霊たちを自らの傍《そば》に侍《はべ》らせながら、アリーシャ・レッドフィールド男爵令嬢が告げた。美しい青年の容《かたち》をした彼らに見劣りしない、美しい彼女。金髪碧眼《きんぱつへきがん》で雪のような白い肌。血を垂らしたくらい赤い唇。その姿はまるでお人形のように可愛《かわい》らしい。

そして彼らに詰め寄られているのは、アリーシャの姉であるミスティア・レッドフィールド男爵令嬢だ。

艶のない細い銀髪。吊《つ》り目のパッとしない薄い紫の瞳は、母譲り。顔立ちは美人の部類だがそれでも妹には劣るし、魔力も膨大な量を持つ彼女には敵《かな》わない。

「シャイターン様……」

それでも嘘《うそ》だと言って欲しくて、ミスティアは初めて契約した炎の精霊の名を呼んだ。燃えるような赤髪に同じ色の瞳。魔物を一瞬で焼尽する猛火の主。シャイターンは上位精霊で、美しい青年の姿をしている。

「お前、暗いんだよ。にこりともしない冷徹女！　いつもいつもアリーシャを虐《いじ》めてるらしいじゃねえか。お前には心というものがないみたいだな？」

ミスティアはガツン、と頭を殴られた心地がした。アリーシャを虐めたことなんて一度もない。とんでもない言いがかりだった。それに『冷徹女』。そんなつもりはなかったが、彼の目にはそう映ったらしい。

アリーシャが勝ち誇った笑みを見せて、シャイターンの腕に絡みつく。その横にいるのは二体の精霊。風を操るシシャと水を司《つかさど》るアリエルという名の精霊だ。

シシャは我関せずといった表情で、目を瞑《つぶ》って腕を組んでいる。アリエルは水の精霊だ。透ける水色の髪に同じ色の瞳。やや中性的で美しい。たまに彼とは話すこともあったし、何か言ってくれるに違いないと、ミスティアは震える唇で彼の名を呼んだ。

「アリエル様」

名前を呼ばれた彼が彼女に視線を向けた。にっこりと笑うので、ミスティアも期待してぎこちなく目元を緩ます。

（きっと彼なら、私がアリーシャを虐めるはずないって、味方してくれるわ）

「すまないミスティア。私もアリーシャがいいんだ。一緒にお菓子だって食べてくれるし、この間なんて宝石もくれたんだよ。ミスティアが一度だって遊んでくれたことがあったかい？　アリーシャなら、望みを全部叶《かな》えてくれるんだ。私たちを愛してくれる。そんな優しいアリーシャを、君は……」

　失望したとアリエルがため息を吐《つ》く。ミスティアはショックで目の前が暗くなった。ぐらぐらと視界が揺れる。

（お菓子？　宝石？　遊び？）

（彼は一体何を言っているんだろう。精霊を召喚したのは、国を魔物から守るため。いつか精霊使いとして認められるよう、寝食を犠牲にして勉強した。没落寸前の家門を救うため、乙女として一番輝かしい時間を彼らのために使ったのに）

　ミスティアが上位精霊三体を維持し続けるには、途方もない努力が必要だった。

　ゆえに彼女は友達とのお茶会や華やかな舞踏会、婚約話さえもふいにして惜しむことなく勉学に励んだ。結果、社交界では変人扱いされてしまう。精霊たちはああ言うが、そもそも彼女にアリーシャを虐める時間などあるわけがないのだ。

忙しい日々。もちろん、精霊たちと思うように交流できていないことは承知だった。しかし全く交流できていなかったというわけではない。時間がないながらも、ミスティアは積極的に彼らへ話しかけてきた。義務感からではない。ミスティアは精霊という存在を心から愛していたのだ。

（正直、この立場を誰かが代わってくれるのなら……と思ってしまう自分もいる。でも私は彼らが大好きだった。だから、頑張ってこられたのに）

「っ、なんで……」

全部捧《ささ》げた。キラキラと星のように輝く彼らに認められたくて、守りたくてなんだってしたのに。不意にシシャと目が合うが、興味のない表情でふっと視線を逸《そ》らされる。

その瞬間ミスティアの心のどこかが、パキリと音を立てて壊れた。呆然《ぼうぜん》と立ち尽くし、どのくらい時間が経《た》っただろうか。それは一瞬にも、永遠にも感じられた。

「……お姉様？　また、私を無視されるのですか？」

アリーシャの声が震えている。その声でミスティアはハッと意識を取り戻した。見れば、大きな瞳を潤ませて目元を赤くしているアリーシャの姿。シャイターンが射貫《いぬ》くような鋭い目をミスティアに向けた。

（なにそれ。完全に私が悪者じゃない）

彼女はわかっていた。今この時が、人生の分かれ道の瞬間だと。無理やりにでも彼らを繋《つな》ぎとめて灰色の未来を歩むか、それとも――。

「精霊使いは、並大抵の努力では務まりませんよ。それでも彼らを使役すると？」

先ほどまで必死に縋《すが》って摑《つか》んでいたその腕を、彼女はあっけなく手放すことにした。

冷徹女。先ほどシャイターンがミスティアに言い放った言葉は、あながち間違いではないのだろう。五年もの間、身を削った努力が無駄になるというのに、喚《わめ》いて泣きもしない。ただひたすらに事実を受け止めて最善を選択する。

それは彼女の美徳でもあったし、欠点でもあった。しかし氷の令嬢かと言われればそうではない。ゆえにこうして誰に気づかれることもなく、精霊たちの裏切りに打ちひしがれている。ただ顔に出ないだけなのだ。

ミスティアは俯《うつむ》いていた顔を上げ、何の感情もこもっていないような瞳で彼らを見つめた。冷たい瞳に気圧《けお》されたのか、戸惑った表情を浮かべるアリーシャ。しかし話の内容がわかれば、表情は意気揚々と明るくなった。

「え、ええ。もちろんです。彼らをうまく使えると、自負しております。安心してくださいませ、お姉様」

今までミスティアが築き上げてきたものすべてを、アリーシャは欲しいと言う。

（……なら、差し上げるわ）

契約者を替えたいと願っている精霊を必死で繫ぎとめたって、未来はないのだ。

「わかりました……。では、彼らの名前を貴方《あなた》に刻みます。一度きりですがよろしい？」

「ええ！　神に誓って申し上げます。決して彼らを手放したりしません。お姉様の代わりに立派な精霊使いとなりますわ」

（何よそれ、まるで私が彼らを手放したとでも言いたげじゃない。そうじゃない、私が、捨てられたんだ）

ミスティアは可笑《おか》しくなって口の端が上がってしまった。そして嘲笑を隠すため目を閉じて、一息吐く。しばらくの沈黙が流れた後、彼女はゆっくり瞼《まぶた》を開き、静かに彼らを見据えた。

「さようなら」

そう告げた声はわずかの寂しさをはらんでいた。ミスティアがアリーシャの心臓に手をかざすと、淡い光が広がる。欲しい力を手に入れられると確信した、アリーシャの瞳がギラギラと輝いた。

（さようなら、精霊を愛していた、純粋で臆病なミスティア）

ミスティアは今回の件で学んだ。

——愛しているからといって、それが必ずしも返ってくるとは限らないのだと。

「心より感謝を申し上げますわお姉様！　今までご苦労なされましたでしょう。後は私に任せてゆっくり休まれてください。それに、ふふっ。先ほどとてもおめでたい話を耳にしたんですのよ！」

（おめでたい話？）

暗い表情を浮かべるミスティアに、アリーシャが駆け寄る。そして傷だらけのミスティアの手をぎゅっと握った。頬を薔薇《ばら》色に染め見上げてくるアリーシャはとても美しい。ミスティアは身構えつつも、アリーシャの接近を受け入れる。

（なんて、綺麗《きれい》な指……）

貴族令嬢らしいなめらかで白い指。かつてはミスティアもそうだった。だが炊事や洗濯などの水仕事に追われる彼女の指は、いつだってガサついている。アリーシャと叔父が散財したせいでハウスメイドさえ満足に雇えなくなり、泣く泣くミスティアが一切の家事を引き受けているからだ。するとアリーシャは突然、自らの爪をミスティアの指にぐっと強く食い込ませた。

「痛っ！」

ミスティアは、思わず痛みで手を振りほどいてしまう。ちょうど傷口のあたりにアリーシャの爪が食い込んだのだ。しまった——と思うより早く、アリーシャが口を開いた。

「ひどいですわお姉様っ！　私はただ、お姉様のご婚約をお祝いしたいだけなのに……」

「え？」

アリーシャが指をさすった。まるでミスティアが手を叩《たた》いたような仕草だ。アリーシャが涙目になると、後ろに控えていたシャイターンがすぐさま彼女の肩を抱く。そして憎しみのこもった瞳でミスティアを睨《にら》みつけた。手放したとはいえ、かつて愛していた精霊だ。その視線を受けて彼女は平気でいられるはずがない。

だがミスティアは表情で戸惑いを表すことができなかった。人形のガラスのような瞳で、ただ彼らを見返すことしかできない。ただショックで動けないだけなのに。

(私に婚約者？　いいえ、それよりも……。私はアリーシャを叩いたりなんかしていない。でも、彼らには何を言っても無駄なよう)

「おい！　よほど燃やされたいようだな！　腹いせってわけか、ああ？　俺を召喚したのがお前だと考えるだけで虫唾《むしず》が走る。アリーシャ大丈夫か？」

「はい、シャイターン様。大したことはありません。どうかお姉様のことを許して差し上げてください」

「お前は……本当に優しいな」

涙目になりつつも健気《けなげ》に微笑《ほほえ》むアリーシャ。そのいじらしい姿を見て、シャイターンが目尻を下げた。まるで悪役令嬢に虐められる物語のヒロインさながらだ。

すべて、彼女の自作自演ではあるが。

精霊たちは気づくことはない。シャイターンに抱きしめられながら、肩越しにアリーシャがミスティアへ微笑む。

その微笑は、まさしく『嘲笑』と呼ばれるものだった。

第一章 月下の出会い

「ミスティア、ご挨拶なさい。この方はミクシリアン・ホード辺境伯だ」

叔父にそう言われたミスティアが、目を伏せながらかの人へ丁寧なカーテシーを披露する。ホード卿《きょう》は彼女を舐《な》めまわすように眺めた後、手に持った赤ワインをぐいっと一飲みした。

レッドフィールド家の客間。辺りは夕方で薄暗く、この日のためにだけ雇ったハウスメイドが燭台《しょくだい》の蠟燭《ろうそく》に火を灯《とも》し始めている。

ミクシリアン・ホード辺境伯は、王都に近いレッドフィールド領地から遠く離れた地を治めている大地主だ。それがある目的でこの地へ訪れていた。歳《とし》は五十ほどだろうか、初老でぶよぶよと肥え太っている。彼が身じろぎすると、腰かけている椅子がギッと鳴った。

げほ、とはしたなくげっぷをしてホード辺境伯が口を開いた。

「随分やせ細っているじゃないか。髪も伸びっぱなしで顔がよく見えん。望みはアリーシャだったが、精霊と契約を交わしてしまうとは。ああ、非常に勿体《もったい》ない。しかし、美しいこぶつきは困るからなあ」

「は。しかし、ミスティアも器量は悪うございませんよ。アリーシャほどではありませんが、きっと良き妻となり閣下をお支えするかと」

ぐい、と叔父が乱暴にミスティアの前髪を摑《つか》み上げる。まるで奴隷を売り払う商人のようだ。

彼女の整った顔を見てホード卿がふむ、と自らの顎をさすった。

（ああ、なるほど。だからアリーシャはあんなにも精霊を欲していたのね。彼が私の『婚約者』ってわけ）

叔父も叔母も、アリーシャに精霊を譲りなさいの一点張りで、理由は教えてくれなかった。

しかし今この時ミスティアは自分の状況を把握した。叔父たちは可愛《かわい》らしいアリーシャを、辺境の地に嫁がせたくなかったのだろう。それも――。

一年以内に幼い妻が次々と不審な死を遂げるという噂《うわさ》の、ホード卿のもとへは。

ミスティアは手に汗が滲《にじ》んで、ドレスをぎゅっと握りしめた。

（『こぶつきは困る』か。いざという時に精霊を使って歯向かわれたりしたら、そりゃあ困るわよね）

一難去ってまた一難。なぜミスティアが叔父や叔母と共に暮らしているのか。それは幼い頃両親が事故で亡くなり、父の弟である叔父が彼女の後見人となり実質上の父となったためだ。

爵位は彼女にあったが、幼かったため叔父が預かった。

それでも父の爵位を渡していいものかと、幼いながらミスティアはためらった。しかしついに爵位を預けてしまったのは、彼女を本当の姉と慕う可愛らしいアリーシャにほだされたから。

今となっては、それは彼女の人生最大の後悔だ。アリーシャは天使の顔の裏で彼女を操りほくそ笑んでいたのだろう。爵位が渡されればすぐに態度を一変させ、ミスティアを奴隷のように冷たく扱った。

彼女が過去を思い返している間、叔父とホード卿との間ではとんとん拍子に話が進み、近日中にミスティアは彼のもとへ嫁ぐこととなった。

その夜の宴《うたげ》。レッドフィールド家の客間には沢山の人が集まった。ホード卿が愉快にどこかの家の夫人と踊っている。社交界では変わり者と蔑まれていたミスティアは、壁の花となり宴を観察していた。

誰からもダンスに誘われないことは、令嬢にとってはかなりの恥だ。しかし抜け出すことは禁止されていて逃げられない。周囲の令嬢が蔑んだ目でミスティアを見る。

隣家の令嬢がピアノを弾けば、明るい弦楽器がそれに加わった。

誰もかれもが楽しそうに談笑している。その中で彼女は、踊る叔父の肩越しに見える壁紙が剝がれているのに気づいた。散財して財政難の叔父と裕福な辺境伯。

ミスティアは、売られていく子牛だ。

ふいに精霊たちと談笑しているアリーシャと目が合う。

ミスティアとアリーシャは離れた位置で、お互いの声は届かない。すると、アリーシャがゆっくりと唇を動かし始めた。ざわざわとした雑踏が静かになる感覚。ミスティアは息を呑《の》んだ。

『おめでとうございます』

離れていてもミスティアにははっきりと伝わった。ゾクリと悪寒が走り、ミスティアは硬直する。

（アリーシャは自分の代わりに私が死ぬのを、なんとも思っていない。それどころか、喜んでる）

ミスティアは怖くて、何もできない自分がみじめでたまらなくなった。陽気な音楽が最高潮に達する。手拍子がにぎやかだ。アリーシャが若い青年に腕を引かれ、ダンスを踊り出す。『もう、強引なんですから……』なんて言いながら笑っている。

ミスティアは初めて、人を殺したいほど憎いと思った。

「はあ……」

夜、バルコニーに立つ。次から次へとやってくる不幸にミスティアはため息しか出ない。

開け放たれた大きな窓に、薄く透けたカーテンがひらひらと舞う。夜風が冷たいが、先ほどの雑踏を早く忘れたかった。素足で出たため足先も冷える。

欄干に手を添えて、夜空を見上げた。

星はなく雲が多い。その隙間から、やけに明るい月影が辺りを照らしている。きっと幾らか時間が経《た》てば、真っ暗になるだろう。彼女がぼうっとしていると、一人のはずの空間に低い声が響いた。

「――早まらないで」

それは、一度聞いたら誰であっても再び聞きたいと思うような甘い声だった。

声がした部屋の方に素早く振り向き、ミスティアは口を開く。

「誰?」

その返事は彼女が自分で思った以上に緊張をはらんでいて、ごくりと喉を鳴らす。

「……精霊、だ」

落ち着いて観察すれば確かに精霊の気配。透けたカーテン越しに、月影で彼のシルエットが浮かび上がっていた。ふわり、と風が吹きカーテンの隙間からその姿が曝《さら》される。

(うわあ。なんて、綺麗《きれい》な男の人)

その人は、一言で言えばおとぎ話に出てくる聖騎士。

白皙《はくせき》の頬。月の光を集めたような、プラチナブロンドの髪。完璧に左右対称の整った顔立ち、切れ長の目に嵌《は》め込まれたコバルトブルーの瞳が月光を浴びてきらりと光った。薄い唇は青ざめて見えて、その先にある顎先はすっと細い。

身丈も見上げるほどある彼が、ぬっとミスティアに近寄る。

肩から下りた青い外套《がいとう》に白を基調としたサーコート。腰や足にはプレートアーマーが嵌められ、帯刀もしている。高貴な姫に仕える騎士のような装束だ。その出で立《いた》ちはよく鍛錬した武人の雰囲気を纏《まと》っていた。

「死ぬなど考えないで。さあ、こちらへ」

数歩離れた位置で、無表情に彼が手を差し伸べた。カチャリと彼の鎧《よろい》の音がする。

(って、死ぬですって？　ああ、服も寝間着。裸足《はだし》で三階のバルコニーに……しかも夜中に突っ立っていれば勘違いもされるか)

「何か勘違いしておられるようですが、ここから飛び降りたりなんかしませんわ」

「……だけど、身投げしても可笑《おか》しくない仕打ちを受けていた」

「え、なぜそれをご存じなのです？　近くにいらっしゃったのですか？」

「ああ。裏切者どもが離反したときから」

「裏切者って……」

ピンとくる。裏切者、それはシャイターンたちのことを指していた。

でもなぜ彼がそこにいたのだろう、とミスティアは思った。彼女の疑問を察し月影の君が口を開く。

「最後の精霊を召喚した時、俺も召喚されていたんだ。だが精霊を四体も顕現させるのはあまりに荷が重いだろう？　ゆえに今まで姿を現さなかった。しかし今回、裏切者どもが席を空けたので、そこに座ったまで」

「じゃあ、貴方様《あなたさま》は……」

「正真正銘、あなたの精霊」

ミスティアは目を瞬かせる。

（驚いた。まさか、四体目がいただなんて）

「それにしても、精霊を召喚したのは五年も前になります。その間……一体どうお過ごしになられていたのです？」

召喚された精霊は、主の魔力を吸って初めて肉体を得ることができる。だがもし、精霊が主の魔力を吸わなかったのなら――。

「さあ？」

彼が答えをはぐらかす。

「……もしやずっと私から離れられなかったのでは？　であれば……本当に、申し訳ないことをしてしまいました」

ミスティアは罪悪感で胸がいっぱいになり顔を曇らせる。そんな彼女へ、ひどく優しい声が降りかかった。

「もしそうだったとしても俺が決めたこと。あなたに責はない」

彼の切れ長の瞳は、厳しく冷たい印象に映る。しかし主の体を案じて長い孤独に耐えるとは、見た目によらず気が長くて心優しい精霊だとミスティアは思った。

「そうは仰《おつしや》いますが、五年というのはあまりにも長いですわ。このご恩をどうお返しすれば良いのか……」

「気にするな。長い時を生きる精霊の五年など一瞬。取るに足らない些末《さまつ》なことだと捨て置くといい」

その静かで穏やかな声にミスティアは押し黙った。普段、彼女の失敗は許されない。何か粗相をしでかそうものなら、叔父は顔を真っ赤に染め上げて彼女をぶった。それなのにこの精霊は、いとも簡単にミスティアを許すと言う。

ミスティアは厚かましいとは思いつつも、どうしてか彼の名前が知りたくなった。

「貴方様の、お名前は？」

「……名を明かせば、本契約になるが」

（なるほど。現れたのはシャイターンたちと同じく契約破棄するためだったのね）

ミスティアは自分の気持ちが一気に冷めるのを自覚し、ふぅとため息を吐《つ》いた。精霊に嫌われる星の下に生まれてしまったのだろうか、と自らを呪いながら。がっくりと肩を下げて彼へ背を向ける。

本来ならああそうですか、と去ってもらうところだ。

（けど、ここで引き留めなければ、私は死んでしまう……）

ミスティアはしばらく悩んだのち、精霊の方へと向き直った。自らを主人と仰ぐ気のない精霊を留《とど》めるのには気が引けたが、選択の余地はない。

「お願いします。私と契約していただけませんか」

ミスティアが取りすがったことに対して、彼は意外そうな表情をした。

「あんなことがあったのに？」

「既にご存じでしょう。精霊と契約しなければホード卿に嫁ぐことになります。彼は幼い妻を娶《めと》っては、いたぶる趣味の持ち主と聞きます」

「そんな男のもとに嫁ぐのは死んでも嫌だろうな。だが、俺が二つ返事で了承すると？」

「確かに勝手な話ではありますよね」

「あなたは俺に何をしてくれるのかな」

期待を含んだ声色。精霊が求めるものを彼女は想像した。シャイターンは強さを、シシャは無口で、何を求めているのかわからない。そしてアリエルは『愛されること』を望んでいたはずだ。現時点、この中で叶《かな》えられる精霊の望みはアリエルの言ったことだけ。

正直ミスティアは感情表現が苦手である。いくら思っていても相手には伝わらない。しかし精霊に見限られないためには、彼女自身が変わる必要があった。考え詰めてミスティアは結論を言葉に出す。そして彼女は、人の感情に疎く『ぽんこつ』なところがあった。それを踏まえて。

「貴方のことを一生大事にして、愛することを誓います」

「……………………え」

突然のプロポーズである。

二人の間にしばらくの沈黙が流れた。やがて、ミスティアは自分が何を言ったのか理解し我に返った。ハッとした表情で、先ほどの言葉を訂正しようとする。

「あっ、これは別にプロポー……」

「へえ」

しようとしたが、彼に止められてしまった。未《いま》だ名乗らない美しい精霊は、聖騎士のごとき見た目に反した邪悪な笑みを浮かべる。そして顎に手を当て嬉《うれ》しそうに呟《つぶや》いた。

「まさか、婚約を申し込まれるとは」

「ち、ちが」

「嬉しいよ。喜んで受け入れる」

「えっ」

予想外の言葉にミスティアは固まった。かまわず、彼は優雅にミスティアへ跪《ひざまず》く。そして彼女の手を取り流れるような動作で口づけた。月影が長い睫《まつ》毛《げ》に反射して、キラリと光る。呆然《ぼうぜん》としていたミスティアだったが、状況を把握すると頭から湯気が出そうなくらいに顔を赤くさせた。

「な、な、な(顔が、良すぎる)」

「俺の名前はスキア。よろしく、婚約者殿」

名を明かせば本契約となる。ミスティアの心臓が、じわりと熱くなった。精霊と繋《つな》がった証《あかし》だ。契約が終わり、スキアと名乗った精霊がその場で立ち上がる。だが手は繋がれたままだ。

「あなたと俺、それぞれの種族は違えども、愛さえあればきっと乗り切れるはずだ。幸いこの国では古くから人と精霊の婚姻が認められている。……決して後悔はさせないよ」

「あ、あ、あの、その」

スキアに詰め寄られたミスティアの頬が更に赤くなる。だが次の瞬間には真っ青になったりと——。無表情なのに、顔色だけがくるくる変化していく。そんな彼女の様子を見守っていたスキアが、突然耐えきれないとばかりに吹きだした。

「ふっ、くくく……。あなたは、そんな表情もできるんだね、面白い。そんなに焦らずとも、少し冗談を言っただけだ」

ミスティアは思わず目を瞬かせた。やがて、からかわれたのだと気づいた彼女が肩を撫《な》でおろす。

（よ、良かった……誤解が解けて……）

「ところで、だが。契約が成立した祝いに、俺の願いを一つ聞いてはくれないだろうか」

「え、と。叶えられることなら」

彫刻めいた顔立ちの整った唇が弓なりに弧を描いた。それを見たミスティアは、なぜか背筋がゾクリとあわ立つ。

「俺に笑いかけ、俺に優しくする」

「…………はあ」

「簡単だろう？」

ミスティアがそれを聞いて最初に思ったことは『なぜ？　意味があるのか？』であった。ためらう彼女へスキアが言い聞かせるように語りかける。

「俺はあなたの命の恩人、そうだな？」

月影の下、スキアがうっとりと微笑《ほほえ》んだ。

「う……」

そう言われてしまえばミスティアは何も反論できない。命の恩人でもあるし、スキアはミスティアの体を慮《おもんぱか》って五年も一人で耐えてくれた。そんな彼の願いを『くだらない』と突っぱねることなど、彼女には到底できなかった。

「わかりました。笑うことは得意じゃないけど、あなたに笑って、あなたに優しくします」

「嬉しいよ、ミスティア。では予行練習を」

声は優しい。そう言うと、スキアはミスティアに向かって両腕を広げた。絶世の美丈夫が優しく目を細めている。嬉しくてたまらないといった様子だ。

彼女は困惑した表情でスキアを見上げる。ミスティアのガラス玉のような冷たい視線を浴びても、彼は平気なようだ。いつまでも上機嫌でいる。ミスティアは不思議と、それが心地よいと感じた。

「あの？」

「せっかく主従になれたのだから、抱擁くらい交わすだろう？」

「……そうなのですか？」

「そうだとも」

精霊のために本ばかり読んでいたミスティアは、世間のことに若干疎い。ましてや色恋など、考えたこともなかった彼女は、スキアの言うことを素直に信じた。

恐る恐る彼に近づくと夜風で冷えている彼の背中に腕を回す。そうして、柔らかい頬を彼の胸元へ押し当てた。スキアもまた彼女の抱擁に応え、背中に手を添える。

「ああ、悪くない」

表情はうかがえないが、ミスティアの頭上から低い呟きが降ってくる。

その声があまりに優しかったので、すぐに離そうと思っていた腕を、解《ほど》くのをためらったのだった。


ミスティアが暮らすレッドフィールド領は、のどかな土地ではあるが、王国アステリアの王都に近い場所にある。

そしてその王都周辺は、大精霊により守護され平和が保たれていた。

だがそんな大精霊が儚《はかな》くなり五年。

王国アステリアは、大精霊の不在に混乱を極めていた。大精霊の守護がなくなった王都周辺は、今では魔物にあふれてしまっている。王都に近いレッドフィールド領も魔物の跋扈《ばっこ》には頭を抱えており、冒険者たちに払う報酬が更に家計を圧迫していた。

ミスティアはいつか精霊使いとなって、叔父たちが食いつぶしてしまったレッドフィールド家を再建しようと日夜努力していた。精霊使いは王都で暮らすこともできるし、名誉さえ与えられる。もちろん高給取りだ。

また、高位貴族に見初められて玉《たま》の輿《こし》というパターンも少なくない。アリーシャは、ホード卿から逃れつつ、王都で婚約者探しをしたかったのだろう。

ミスティアはぼんやりとアリーシャの思惑を想像しつつ、レッドフィールド家の中庭、すたれた東屋《あずまや》にいた。テーブルには羊皮紙が数枚。そしてペーパーナイフが置いてある。ミスティアは請求書の管理が一息吐いたのでペンを置き、スキアに話しかけた。

「ところで……。スキア様。貴方の『精霊の書』を見せていただけますか？」

「かしこまりました、我が主。様はいらない」

茶化すように、やけに丁寧にスキアが言った。彼が手をかざすと、淡い光と共にスキアの『精霊の書』が現れる。

ミスティアが受け取って頁《ページ》をめくると、その内容に思わず目を見張った。

「これ……！　光魔法!?」

「へえ、すぐに読めるとは。流石《さすが》、あれだけ勉強していた甲斐《かい》がある」

『精霊の書』とは、精霊語で書かれた、一体の精霊が一冊持っている彼らを使役するうえで欠かせないものだ。

書には風を起こすような簡単なものから、辺り一帯を破壊する最上級魔法まで載っている。だが最上級魔法まで読める精霊使いはほんの一握りだ。大抵は初級・中級魔法までしか読むことができない。最上級魔法を読むには膨大な魔力が必要だからだ。大抵の人間はそこまでの魔力量を持ってはいないのである。

そして魔力量は、個人の元々持っている才能に大きく依存する。ミスティアは精霊を召喚するという稀《まれ》な才能があったが、アリーシャに比べると魔力量は劣っていた。――というのも。

かつてミスティアは、上位精霊三体を召喚することに成功した。前代未聞の才媛かと、世間からは大いに期待され注目を集めた。しかしいざ契約を交わし精霊に魔力を分け与えると、突如としてミスティアは床に臥《ふ》せてしまう。原因は、一気にすべての魔力が失われたことによるショックのため。

すると世間はあっという間に掌《てのひら》を返し、彼女に背を向けた。ミスティアがなんとか起き上がれるほどに回復した頃には、もはや彼女の評判は地に落ちてしまっていた。それも、『豚に真珠』だと誹《そし》られてしまうほどに。期待が大きければ失望はもっと深い。

その『魔力の足りない姉』を持つアリーシャは、噂の飛び火を恐れた。

同類でないと証明するには、魔力を測り世間へ公表するしかない。魔力測定には大金が必要だが、娘の嫁ぎ先に困ってはいけないとアリーシャの両親は無い袖を振ってみせた。

するとどうだろう。アリーシャは一般的な魔法使いよりも、数倍多い魔力を持っていたことが判明。これには喜色満面でアリーシャ一家はその結果を手放しに喜んだ。

ちなみにミスティアは魔力測定を受けたことがない。しかし比較せずとも、アリーシャが『自分は姉よりずっと優れている』と世間に公言するには十分な結果であった。

ミスティアは絶望する。だが立ち止まってばかりではいられない。彼女は解決策を探すため日夜書を漁《あさ》り、ついに古い文献からある一節を見つけ出した。

『魔力量を増やすには、精霊語を理解せよ』

青天《せいてん》の霹靂《へきれき》である。その古い文献には更にこう記されていた。『精霊語を理解し、精霊の書を読み解けば、魔力量が少ない者でも最上級魔法さえ使うことができるようになる』と。つまり精霊の書をすべて読めるということは、すべての魔法を使えるのと同義なのである。

そして最上級魔法が使えるだけの魔力がおのずと体に満ちる、というわけだ。

晴れて解決策を見つけ出したミスティア。だが実際、精霊語は非常に難しい言語で、その方法を用いる者はいないに等しい。できるとしたら、賢者――いや、大賢者と呼ばれる者くらいだろう。

しかし彼女は諦めなかった。

ミスティアは精霊語の習得に心血を注いだ。すべては、愛する精霊たちのため――。そして天は彼女に味方する。なんとミスティアには、語学習得における類稀な才能があったのだ。加えて血の滲むような努力を重ねた結果、ついにミスティアは精霊語を習得《マスター》することに成功したのである。

「そんな……とにかく、スキアさ、スキアの治癒魔法は凄《すご》く希少で重宝されるものです。大陸に一人いるかいないかというくらい。アステリアでは、大精霊様以来初めてなはずですわ」

「お役に立てたならなによりだ。話は戻るが、今はどこまで読めるんだったかな？　確か……」

「ええと、最上級魔法、までです」

「そうだったな」

スキアが眉を上げげた。彼は真剣な表情となり、ミスティアへ向き合う。

「最上級魔法を読める精霊使いは、ここ百年で現れていない。大昔、翡翠《ひすい》の洞窟にこもりきりだった賢者が最上級魔法を使えたと言うが……眉唾だ。素晴らしいよ、ミスティア。あなたの努力の賜物《たまもの》だ。ずっとあなたを讃《たた》えたかった」

「あ、ありがとうございます」

(私が最上級魔法を読めることを知っていたのね。どこまで、私のことを知っているのかしら……？)

誇らしいと笑うスキア。『お前に最上級魔法が使えるはずがない』なんて言われなくて良かったと、ミスティアも心を和ませた。元契約精霊たちであれば、絶対信じてはくれなかっただろう。ミスティアは、鼻の奥がツンとしてしまう。

(思えば誰かにねぎらわれたことなんてなかった。認められることが、こんなに嬉しいなんて)

彼女が努力することは、当たり前だと扱われてきた。嬉しさで泣いてしまわないように、ミスティアは急いで話題を探す。本をめくるとあることに気が付いた。

「所々、光に関係ない魔法も書いてありますね？」

「それは我が主が元々取得している知識かと」

「……？　どういうことでしょうか」

「あなたは、裏切者どもの書を知識として蓄えている。そしてその知識は俺にも引き継がれているということだ。つまりあいつらの魔法を俺も使える。まあ元々いた精霊が離反した後、新しい精霊と再び契約を交わすことはあまりないからな」

知らなくて当然か、といった表情で返事をするスキア。ミスティアは目を瞬かせた。

（こんな仕様があるだなんて知らなかった。確かに知識を得ているのは私であってシャイターンたちではない、けれど）

「ということは、魔法の主体は精霊ではなく契約主にあるということですか？」

「その通りだ。逆を言えば、精霊にいくら魔法の知識があったところで、主の方に魔法の知識がなければ発動させることはできない」

「では今のシャイターンたちは……アリーシャが初めて精霊の書を開いた時、彼女が読むことのできた魔法しか発動させることができない？」

「ああ。そういうことになる」

正に、目から鱗《うろこ》である。

ミスティアが手放した精霊はリセットされ、そして――。

光魔法も相まって、彼女の目の前で、最強の精霊が誕生してしまったのだった。その瞬間、彼女にある感情が芽生えた。

（私を裏切ったから……最上級魔法も使えたのに、ざまあないわね。……本当は私が成長したことを伝えたかった。でも彼らの冷たい目にすくんで、伝えられなかった……）

黒い感情がミスティアの表情をわずかに曇らせる。黒い靄《もや》が心臓に広がっていくような感覚。そんな彼女の感情にスキアが目ざとく気づく。だがあえて口に出すことはなく話を続けたのだった。

「ところで、これからどうするんだ？　あなたが再び精霊と契約したことを周りは知らないのだろう」

「そうですね。家長である叔父に、スキアのことを報告しなければなりません」

「ふむ」

「そうすれば、ホード卿に嫁ぐことはなくなると思うのですが……」

ミスティアはホード卿の脂ぎった手と冷たい瞳を思い出し、身震いした。その様子を見てスキアは眉をひそめる。

「不安にならなくてもいい。俺があなたをお守りする」

そう言うと、スキアは掌をミスティアに差し出した。その手から、淡い光が幻想的に浮かび上がる。彼の瞳と同じコバルトブルーの光。同じ色をした蝶《ちょう》も現れ、ミスティアの顔の前をひらりと舞った。

あまりの美しさに、見惚《みと》れたミスティアがほうっと息を漏らす。先ほど感じていた不安はいつの間にかどこかへ消え去っていた。

「今のは光魔法ですよね？　とても綺麗」

「ああ。あの男のことなど考えずともいい。もし不安になったら、俺に頼ってくれ。先ほどの魔法には精神を穏やかにする効果がある」

「便利ですが、なんだか怖いですね。私は心配性なのでスキアに依存してしまいそう」

冗談も含めてミスティアが小首を傾《かし》げた。スキアは一瞬驚いた顔を見せ、また柔らかに微笑んだ。そして極めて小さな声で呟く。

「……そうなるといい」

「え？　何か言いましたか？」

「いいや、何でもない。大したことじゃないからな」

彼の呟きは彼女に届くことはなかった。すると、ミスティアは顎に手を当てて何かを考える様子を見せた。

「あの、試しに光魔法を使ってみたいのですが、いいですか？」

「もちろん。望むままに」

「ありがとうございます。では」

そう言うと、ミスティアはテーブルに置いてあったペーパーナイフを手に取った。そして指先にナイフを当て、プツリと人差し指の腹を切った。つう、と血が滴る。彼女の思いがけない行動にスキアは目を見開いた。

「ミスティア！　何をしている……!?」

スキアは声を荒らげて、ミスティアの手を取った。先ほどまで穏やかだった空気が一変して殺伐としたものに変わる。彼の瞳に激しい炎が見えた気がして、ミスティアは目を瞬かせた。

(ちょっと指を切っただけなのに)

「えっと……。治すには傷がいりますから。驚かせてしまってすみません。申し訳ありませんが、光魔法を使っていただいても良いですか？」

「っ、ああ！　回復《ヒール》」

スキアがそう言ってミスティアの傷に手をかざすと、金色の光が指先を包み込んだ。細かい粒子がキラキラと舞い美しい。しばらくすると光は消えていき、そこには傷も何もないまっさらな肌が現れた。光魔法が成功したのだ。ミスティアは魔法の完璧さに心を躍らせる。

(凄い！　光魔法って本当に存在してたんだ。効果の割には、ほとんど魔力が消費された感覚がない。少しは成長できたのかしら)

ミスティアは嬉しくなった。そして、目線を指先からスキアの方へと向ける。興奮のまま凄いですねと口を開きかけた。だが。

(……う、うわあ)

そこには暗黒のオーラを纏った彼女の精霊。目はよどみ、翳《かげ》っている。

「あなたは、自分を虐げることに抵抗がないのか？」

凄みのある、怒りを押し殺した声だ。ミスティアは頬をかいて言い訳の言葉を探す。光の精霊のはずだが、今のスキアは魔王だと言われても信じてしまいそうだ。ミスティアはスキアを驚かせてしまったことを反省した。

「ええと、そんなことはありませんが」

「その指。治るとはいえ、自ら傷をつけるとは」

すると突然、スキアがミスティアへ跪き身を寄せた。息がかかりそうなど近い距離。ひゅっと彼女の喉が鳴る。

「二度と、自分の体を傷つけることは止《や》めていただきたい。……俺も痛くなった」

どこまでも整った顔が苦しげに歪《ゆが》んだ。ミスティアが思考を停止していると、やけに形のいい唇が目に入る。

「ふぁっ!? え、ええと。申し訳ありませんでした。私が傷つくとスキアも痛むのですか？精霊学には多少自信がありますが、痛みが同調することは存じませんでした――」

「本当にどこまでもお優しいのだな。従属したからといって、痛みが同調するわけではない。ただ、あなたが傷つくのを見たくなかった。見ればその相手を殺したくなるから。………あなた自身じゃ、殺せないだろう？」

「へ…………」

その発言に時が止まる。ややあって、ミスティアはスキアの言葉を咀嚼《そしやく》した。

（こ、怖い）

精霊ジョークなのかとミスティアはじっとスキアを見つめた。しかし彼は目に昏《くら》い光を宿したままだ。信じたくはないが、本気のようである。本当に怖い。

ミスティアの心臓がバクバクと激しく鼓動する。内心ではかなり動揺している彼女だったが、その顔は相変わらずの無表情。対するスキアもまた、真顔で彼女を見返すのみ。男女が見つめ合っているというのに、そこに甘い空気は一切ない。

（スキアって、聖騎士然とした精霊だと思っていたのに、なんだか殺意が高いような……）

ミスティアは、スキアの腰に提げてある剣をちらりと見た。おそらく、おもちゃではないだろう。もし彼が本気でいて、ミスティアを害する相手を全員殺されてはたまらない。彼女はスキアを宥《なだ》めるため、極めて優しい声を出した。

「そ、そこまで心配してくださるなんて」

「五年だ。あなたは知らないだろうが俺は影となり傍《そば》にいた。だからあなたが思っているより、俺は主びいきだ」

「ええと」

「あなたに降りかかる火の粉は、すべて払って差し上げよう。望むなら、邪魔な者も消し去ってやる。あのずる賢い女も。そうしたら、俺にもっと笑いかけてくれるか？」

爛々《らんらん》と輝く目は真剣そのもの。思わずミスティアの呼吸が止まる。

（忠誠心が凄い。光の精霊はみんなこうなの？　思ったより、私という存在を慕ってくれていることはわかった。落ち着かせるためにも、何か言わないと）

「スキアの手を汚すのは、はばかられます」

「っ、あなたには欲がない……いっそ」

ぐっとスキアの声が詰まった。何か言いたげではあったが、口をつぐむ。長い睫毛が伏せられた。

「いいや、何でもない。その優しさを捨てきれないところが、あなたらしい」

彼の瞳から怒りが消える。そのタイミングを見計らって、ミスティアはスキアの視線を外すため顔をそらした。

（はあ、やっと息ができる）

「先ほどの件、まだ返事を聞いていないが」

「はい。やたらに自分を傷つけることはもう致しません」

「その言葉が聞けて良かった。取り乱してしまい、すまなかったな」

ひとまず落ち着いてくれたようで安心するミスティア。

（勘違いしてはいけないわ。スキアがこんなに心配してくれているのは、私が主だから）

まだ早鐘を打つ心臓をおさえて、ミスティアは目を伏せた。邪魔者は消し去ると言ってくれたスキアには確かに怖いものがあったが、心強くもあった。

しかしその、健全とは言えない安堵《あんど》の感情を、ミスティアは心の奥底に隠したのだった。

「それで話は戻るが、叔父に報告した後はどうするんだ？」

「スキアは、私が魔法学園に通っていたことをご存じですよね」

「ああ、知っている。叔父に反対され通えなくなったことも。叔父は退学届を提出するだろうな。精霊使いでなくなったと思っているのだから」

「……そうでしょうね」

ミスティアは俯《うつむ》く。彼女はかつて両親が健在な頃より、魔法学園に通っていた。しかし叔父がミスティアの後見人となりしばらくすると、叔父は彼女の通学を禁止した。お前には資格がないだのと理由を付けて。要するにミスティアのために学費を支払いたくなかったのである。

学校へ通っていたおかげで、精霊を召喚することができたのに。

魔法学園を卒業すれば、一人前の精霊使いとして認めてもらうことができるはずだった。そして手段として以外にも、ミスティアは学園が好きだった。

人が一生をかけても読み切れないほどの、大量の魔法書が並ぶ図書館。授業の内容を中庭で語り合う学生たち。薬草学の教室に漂うセージの香り。

学園長のはからいで、休学扱いになっておりまだ籍はある。先日も手紙が届いた。内容は差しさわりなく、体調を気遣うものだった。しかし、貴方をいつでも待っていると言われた気持ちになり、嬉しかったのを覚えている。

（一体、どうしたらいいの）

「なぜ自分を押し殺すんだ？」

スキアが言った。ミスティアは顎を持たれ、くっと上を向かされる。彼女の瞳とスキアの瞳がかち合った。彼の瞳に映ったミスティアは、雨の中置いていかれた子犬のような顔をしていた。

「あなたは素晴らしい精霊使いだ。俺はあなたが学園を卒業する姿が見たい。そして、その望みを叔父やアリーシャに阻まれる必要は一切ないんだ。……あなたは、自由であるべきだ」

「！」

ミスティアは息を呑んだ。今までずっと虐げられてきて、『自由』という言葉を見失っていたのだ。今だって、どうやって叔父を説得するか、家事は、帳簿はと考えをめぐらせていた。

（なんで今まで必死になっていたんだろう。本来なら、叔父がする仕事をすべてやってきた。あんなのでも、血が繋がっているんだもの。でも、叔父は私を売り払って殺そうとしたし、アリーシャは私から精霊を奪った。……そんな人たちのために、頑張る必要はあるの？　いいえ、ない……。あってたまるものですか）

ミスティアは、膝の上の拳をぎゅっと握りしめた。唇が震えて、スキアに返事をしたいのに声が出てこない。喉が熱くなる。そんな彼女の様子をスキアは穏やかに見守った。ややあって、少しずつ彼女は語り始めた。

「お母様は素晴らしい風の精霊使いでした。私は、両親が事故で亡くなった時に誓ったのです。お母様に、私もそうなると……レッドフィールド家の長女として、立派に務めを果たすと。だからずっと我慢してきました。その誓いだけを、頼りに」

「ああ」

「私に力がなかったから利用され、虐げられた。当然ですよね、どれだけ痛めつけても逆らわない便利な人間がいるのだから。でもスキアの言う通り、もう望みを邪魔される必要はありません。私には、素晴らしい貴方がいて、力もある」

ミスティアは目をつむり、そして開いた。もう彼女は先ほどまでの、雨に濡《ぬ》れ震えている子犬ではない。

「叔父に、会いに行きましょう」

彼女はスキアに気づかされた。そして彼に手を引かれるように、自分の人生を歩む一歩を踏み出したのだった。


木製の艶やかなドアに、四回ノックをする。しばらくすると低い声で入れ、と声がした。

「失礼いたします」

葉巻の匂い。

大きな窓がある傍に机が置かれていて、そこに叔父は居た。ミスティアを一瞥《いちべつ》すると、ため息を吐いて葉巻の火を消す。部屋中に白い煙がうっすら霞《かす》んでいて、叔父が長い時間葉巻を吸っていたことを示していた。

彼はミスティアを薄汚い物を見るような目で見た後、ため息交じりに言葉を発す。

「何か用か？」

「……見ていただきたい者がおります。スキア」

ミスティアは叔父に近寄り彼の名を呼ぶ。すると彼女の隣に光る金色の粒子が舞いだした。

粒子はキラキラと煌《きら》めきながら、スキアの体を次々に編み上げていく。

そしてとうとう、聖騎士かと見まごうほど美しい彼が《せいれい》その場に姿を現した。

突然のことに、座っていた叔父はのけ反ってその場から立つ。そう、ミスティアはスキアが突然現れる様を叔父に見せるために予《あらかじ》め彼を影に潜めさせていたのだ。

「な、何者だ!?」

「このように現れるのは精霊しかおりませんでしょう？」

「精、霊？ お前の精霊は、すべてアリーシャに移ったのではないのか……!?」

「こちらの精霊は、私に従ってくれるそうです」

「何だと……？ なぜ契約した!? ホード卿に何と申し上げればっ。今からでも遅くはない、再びアリーシャに彼を渡せ。精霊に見放されたお前のような役立たずに、上位精霊が扱えるわけないだろう！」

怒りで顔を染め上げる叔父。バン、と机を叩《たた》き、近くに置いてあった鞭《むち》を手に取る。幼い頃からミスティアが粗相をすれば、いつもあの鞭が飛んできた。

（それでまたぶつっていうわけ？ 私が許してくださいって泣くと思っているのかしら）

ミスティアが眉をひそめて何かを言いかけた。だが彼女が口を開くよりも早く、スキアが剣を抜く。そして、叔父の喉元に切っ先を突き付けた。その慣れ切った流麗な所作は、彼が今までに何回も剣を抜いてきたことを連想させた。

「ひっ」

「彼女を愚弄するな、俺はこの方にのみお仕えする。貴様のような愚図に指図される覚えはない」

碧眼《へきがん》が爛々と輝き、叔父を射貫《いぬ》く。圧倒されたのか、額に汗をかき彼は後ずさった。まるで怯《おび》えた犬のような姿だ。ミスティアは思わず笑いそうになったが、こらえつつ口を開く。

「やめてください、スキア。それでは話もできません」

「……ハ」

目を伏せてスキアが剣を鞘《さや》に戻す。喉元の剣が外された叔父は、喉をさすってからミスティアを睨《にら》んだ。血も出ていないのに。

「どういうつもりだ！　なんだこの野蛮な精霊はっ。今まで従順だったというのに、まるで人が変わったようだ。ミスティア、よく聞きなさい。ホード卿に嫁げば今よりもっと良い暮らしができるんだ。お前にとってこれ以上ない幸せだろう？」

（幸せ、ね。なぜ私の幸せをこの人に決められないといけないの？　馬鹿みたい）

ミスティアは冷たい目で叔父を見返した。彼の目には薄汚い欲望しか映っていない。ミスティアは、なぜ今までこんなやつに怯えてきたのだろうとため息を吐いた。

「良い暮らしはできるでしょうね。……一時は。叔父上、精霊に主替えする気がない以上、この状況を受け入れるしかございません。そこでホード卿に私を嫁がせるより、もっと良い提案がございます」

「良い提案だって？　この俺に提案する必要はない。ただ従っていればいいんだ。そうすれば何もかもうまくいく」

何を言っているんだかというような風で、叔父は椅子にどかっと座り直す。そうだ、彼は何もかもを思い通りにしてそのしわ寄せをミスティアに押し付けてきた。

ミスティアは無言で、今までつけてきた帳簿と書類を机の上に放り投げた。魔物の被害への対策、施設の修繕や収穫物の売買などについて書かれたものである。そのほかにもミスティアの仕事は沢山あった。それらを叔父はミスティアに丸投げし、自らは享楽に耽《ふけ》っていたというわけだ。

しかもミスティアの手柄はすべて叔父のものになっていた。彼女は時間がないながらも、それなりに領地経営を維持させてきた。だが領主は彼女の叔父。彼がうまく領地を経営していたということになっていたのである。

「とても良い提案ですよ。これからは叔父上が領地を治めてくださいませ。みなが言うように、叔父上は素晴らしい手腕をお持ちのようですから。私ごときが関わるべきではないですわ。ああ、ハウスメイドも雇ってくださいね。繕い物や食事の支度ができなくなりますので」

「はあ？　何を言って――」

「私は魔法学園へ復学します。資金の調達は結構。特待生として通学しますゆえ」

凜《りん》とミスティアが言い放つ。叔父はあっけに取られて、口をぱくぱくとさせた。

「異論はなさそうですね、それでは失礼します」

「ま、待て！　この間、犬の残飯を食べさせたのが良くなかったんだな。だがお前が逆らうから……とにかく、これからは人並みに食べさせてやる。アリーシャにも、わがままの度が過ぎないよう言い聞かせてやるさ。まったく、きっとお前に甘えたいんだよ。可愛いだろう？　許してやってくれよ、ティア」

ティア。ぞっとして鳥肌が立つ。ミスティアの両親が彼女を呼ぶ時のあだ名だ。やれやれと叔父が肩をすくめた。ミスティアは吐き気がこみ上げてくるのをぐっとこらえる。

(その名で呼ぶな。……駄目。この人には何を言っても無駄だ。私がただの使い捨ての道具にしか見えていない)

「おい」

ミスティアが呆《あき》れて言葉を失っていると、低い声が響いた。彼女の精霊である。スキアが発する怒気が、ぶわりと空気を張り詰めさせた。凄《すさ》まじい殺気。その殺気は、一心に叔父へと向けられる。先ほどまでへらへら笑っていた叔父は、ひいっと息を漏らし、ガタガタ震え出す。

「話は終わった。二度と口を開くな。開けば、お前の舌を引っこ抜いてそれを食わせてやる」

（こここここわ……！　どうやったらそんな台詞《せりふ》を思いつくのかしら）

もしかしたらスキアは殺気だけで人を殺せてしまうかもしれない、とミスティアは思った。

彼女に向けられているわけではないのに、隣にいるだけで肌がひりつく。

それに気づいたスキアがミスティアをちらりと見ると、殺気を緩めた。叔父は気絶している。

「すまない。止めろと言われていたのについ」

「いいえ、助かりました。どうやら今度こそわかっていただけたようですから」

ミスティアはスキアに向かってゆるりと笑いかけた。ぎこちなく一瞬だったが、目を引かれるような美しい笑み。スキアは驚いて目を丸くしつつも、その笑顔をしかと目に焼き付けた。

そして、『そういう約束だったな』と笑い返したのだった。


言いたかったことを言いスッキリとしたミスティアは、叔父の書斎を後にした。だがドアを開けると今一番会いたくない者と目が合ってしまう。アリーシャ・レッドフィールド男爵令嬢である。

（うわぁあ、最悪ね……）

同じ屋敷に住んでいるとはいえ、あまり顔を合わせたくはない。アリーシャの後ろには、むさくるしく三人の男《せいれい》たちがくっついていた。冷たい目で見下ろされるが、ミスティアはつとめて無視する。

「あら？　お姉様、ご機嫌よう。お父様にご用でしたのね」

「アリーシャ、あなたも」

「はい、ところで……そちらのお方は？」

アリーシャが頬を染めながらスキアの方へ視線を移した。精霊たちで目が肥えているはずだが、それを凌駕《りょうが》する美しさのスキアに興味を持つのは当然だろう。

潤んだ瞳で彼を見つめるアリーシャは、薔薇《ばら》の妖精のように可愛らしい。あの上目遣いで見つめられれば、大抵の殿方は無視することができない。ミスティアは、内心焦っていた。いくらスキアが優しいからといって、裏切らないとは限らないからだ。

しかしスキアがアリーシャを好きになったとしても、罰するつもりはなかった。

「私の精霊よ」

「え!?　一体どういうことですか？　お姉様の精霊はお三方だけのはず……」

「そう思っていたのだけれど、どうやらもう一体召喚していたみたい。未契約ではあったけど」

「それでは……まだ契約されていないのですね？」

アリーシャの瞳が目ざとく光る。欲しくて欲しくてたまらない、そういう顔だ。このわがまま娘はいつもミスティアのものを奪ってきた。時には計算されつくした涙も使って。ミスティアが社交界で孤立しているのは、アリーシャの策略のせいでもあった。

「いいえ、もう契約したわ」

「……っ！　では、精霊使いは二人に……っ」

「ハッ、新人殿。気を付けた方がいいぜ？　そいつは弱いし裏でこそこそしてるだけの、虫一匹殺せやしない臆病者だ」

「ふふっ」

突然、シャイターンが耐えきれないとばかりに口を開いた。同調し嘲笑するアリエル。シシャはいつもの通り無反応を保っている。

「何……？」

それまで無言だったスキアが、シャイターンたちに口を開いた。そしてミスティアを庇《かば》うように一歩前に出る。チャリ、と彼が身に纏う鎖帷子《くさりかたびら》が音を立てた。

「口を慎め、裏切者ども」

「ああっ？　何もできないひよっこが俺に盾突くと？」

「それはこちらの台詞だ。我が主が許可すれば、すぐにでもお前らを消し炭にできる」

凄まじい怒気に、アリーシャたちが身じろぎする。ミスティアが止めなければ今にでも殺し合いになりそうな雰囲気だ。ミスティアは先ほどの彼の言葉を思い出す。屋敷で乱闘沙汰は避けたいところだ。

「スキア、大丈夫です」

「だがな……」

「アハハ、できるかよそいつに！　俺たちに一度も魔法を使わせたことがないんだぞ」

「もう、シャイターン様。あんまりお姉様を虐《いじ》めないでください」

「アリーシャ。あー、わかったよ」

アリーシャがシャイターンの手を握って間に入った。シャイターンがわかりやすく顔をほころばせる。『まったく、お前は本当に優しいんだから』と言いたげな笑顔だ。ミスティアは甘ったるい空気に頭痛がした。シャイターンと見つめ合っていたアリーシャが、スキアの方に体を向ける。

「あの……。そちらの精霊様にも申し訳ございません。よろしければ今度、是非ゆっくりお話ししましょうね！」

「……」

無垢《むく》な乙女の顔で微笑みかけるアリーシャに、スキアは一瞥もくれない。それに気を悪くしたのか、彼女が顔を曇らせた。無視された怒りは当然ミスティアへ向けられる。アリーシャがにこりと笑った。

「そういえばお姉様、私、契約してすぐですが、皆様方の魔法がもう使えますの！」

「……良かったわね。何の魔法？」

「ファイアと読めましたわ！　魔法が使えて、とても安心いたしました」

（お姉様と違って、って言いたいんでしょう。というか、ファイアしか読めないってことはないわよね、まさかね）

アリーシャがちらちらとスキアを見ながら大声で言うので、ミスティアは可笑しくなった。ファイアは初級魔法。初級魔法はよほど才能がない者以外は、誰だって使える。つまり自慢にも何にもならないのだ。もし自慢しているならあまりにも滑稽すぎる。

対してミスティアは現在、四属性すべての最上級魔法まで使える。この圧倒的力の差をアリーシャと精霊たちは知らない。ミスティアに精霊語が読めるなんて、夢にも思っていないのだ。

「そうなの」

「はい、ですが私、お姉様が心配ですわ。今までさぞご苦労されてこられたでしょう。……お姉様のご負担を、私が軽くして差し上げたと思っていたのに。まだその肩に重くのしかかっておいででしたのね。今からでも遅くありません。私がお姉様のお力になりますわ」

アリーシャが瞳をうるうるとさせた。胸元で両手をぎゅっと握る姿は、姉を心から心配する妹に見える。だが、ミスティアはアリーシャのその演技を見て虫唾《むしず》が走った。今までこの泣き落としで、何人かの友人を失ったことがあるからである。――ミスティアがアリーシャを虐めているだとか覚えもない罪で。

（あ～……。スキアを渡せってことね。それで、断ったら今度は何をしてくるのかしら？）

今まで、ミスティアはアリーシャのわがままを受け入れてきた。家族だったし、精霊たちに害が及ぶことを恐れたからだ。すべては無駄な努力だったが。

「どうも心配してくれてありがとう。でも気遣いはいらないわ。前に、私に親切だった侍女を辞めさせたことがあったわよね？　貴方は笑って、お母様の形見のペンダントを暖炉に放り投げた。侍女はとっさに、炭の中をかき分けて捜してくれたわ。私の代わりに、ひどい火傷《やけど》を負ってね。その時の言い訳が『お姉様がいつも暗い顔でペンダントを眺めていらっしゃるから、少しでも心のご負担を軽くして差し上げたかった』だったかしら？　貴方の言う『ご負担を軽くする』は私の大切なものを奪うための方便でしょう？」

「な……！」

アリーシャが顔を青ざめさせた。ミスティアは今まで一度もアリーシャに口答えしたことがない。アリーシャは驚いた様子で、目を瞬かせた。唇を震わせてアリーシャが反論する。

「う、嘘《うそ》ですわ！　なぜ私を貶《おとし》めようとなさるの!?　ひどいですわ、お姉様」

大きな瞳からぽろぽろと涙が零《こぼ》れ落ちる。そして、アリーシャは近くのアリエルにわっと泣きながらしなだれかかった。それを見たシャイターンがミスティアをぎろりと睨みつける。アリエルは戸惑った様子で、そっとアリーシャの肩に手を添えた。

「ミスティア。契約破棄が悔しいからといって、いくらなんでも妹を泣かすなんて」

諭すようにアリエルがミスティアを非難する。

「本当の妹じゃありませんけどね。これ以上は時間の無駄ですので、失礼いたします、精霊様方」

ミスティアは、完璧なカーテシーをその場で披露した。社交界で変わり者と言われているミスティアだが、マナーの勉強を怠ることはなかった。忙しい日々の中でもきちんと練習してきたのである。

あっけに取られたアリーシャと精霊たちをその場に残し、ミスティアとスキアは彼らの横を通り抜けたのだった。

きっとしばらくしたら、扉を開けたアリーシャが、かしましい悲鳴を上げることだろう。

「なんなんだもう！　新しい精霊と契約したなんて聞いてない！」

レッドフィールド家の邸宅では、アリーシャの精霊一人一人に部屋が与えられている。アリエルは自らに与えられた部屋の壁に、思いっきり拳を打ち付けた。それを宥めるようにシシャが口を開く。

「なぜそう苛立《いらだ》つ。お前はアリーシャを主に仰ぎたかったんじゃないのか」

「っ、それは、そうだけれど。私たちを捨ててすぐに新しいやつを受け入れるなんて、信じられない」

そう言うと、アリエルは自らの爪を食《は》んだ。

彼はひどく苛立った様子で部屋をうろうろし始める。シシャは壁に寄り掛かったまま半眼でそれを眺めた。至極どうでもよさそうな目線を送られて、アリエルがシシャに食って掛かる。

「シシャは悔しくないのかっ!?　ミスティアは私たちがアリーシャの下へ行くと言ったとき止めもしなかった。本当、冷たいよ」

「…………俺の望みは半分叶ったから悔しくはない。ミスティアは、上位精霊三体を維持できるほどの魔力がなかった」

「お優しいことで！」

アリエルは冷たい声で吐き捨てると、ふかふかのソファへと乱暴に座った。彼は精霊がいなくなり追いつめられたミスティアが、自分に縋《すが》ってくれると信じていた。しかしその目論見《もくろみ》はあえなく失敗に終わり、こうやってシシャに当たり散らしている。

「どうせすぐに見放されるに決まってる、そうだろう？」

「どうだかな。見た感じ、ミスティアに忠誠を誓っているように思えた」

「じゃ、じゃあ、あいつとミスティアが仲を深める可能性もあるってことか!?」

「なくはないだろう」

「そんな……」

アリエルは眉尻を下げ、俯いた。

自分を召喚したミスティアに対して、最初から裏切ろうと目論んでいたわけではない。

初めのうちは、仲良くなりたくて彼女の周りをうろついた。しかし、魔力減衰のためミスティアは彼らの相手をする余裕はなく、青ざめた顔で歩くのがやっと。ゆえに彼女は魔力を上げるためだといって、図書室や自室に引きこもってしまう。『せっかく召喚に応じてくださった精霊様方を、私の力不足で失うわけにはいかない』と言って。精霊は主の魔力を必要とするため、顕現するのもなにごとも主に依存するからだ。

ただでさえ体調が悪いというのに、ミスティアは精霊語を学ぶため夜遅くまで読書をしていた。それ以外の時間は、帳簿をつけたりハウスメイドの仕事をもくもくとこなしたりと――。彼女に自由な時間はなかったように思えた。しかし苦労する主に対し、アリエルは手を差し伸べるでもなくただ傍観した。誇り高い精霊が使用人のような仕事をするわけにはいかない。主を心配するよりもプライドが勝ったのである。

また、信じられないことにミスティアには侍女《レディーズ・メイド》がいなかった。以前はいたのだが、問題が起きてレッドフィールド家から去ってしまったのである。ちなみに、アリーシャには侍女が一人仕えている。入れ替わりは激しいが。

そのために、令嬢であるというのに髪はボサボサ。服だってつぎはぎだらけの物を身に纏い、大変貧乏くさい。いつも本を小脇に抱えている灰色の令嬢を、アリエルは自然と見下した。

(魔力を上げるだなんて、できるはずがない。ミスティアには無理だ)

一人家門のためひたむきに努力する彼女に、いつしかアリエルは近寄らなくなっていった。彼女を信じることができなかったのだ。

(だけどミスティア。私はあなたが可哀想《かわいそう》で、愛《いと》おしくて、心配だ。そもそも契約したのが間違いだったのかもしれない。あんなに頑張らなくても、私が離れてあげた方がミスティアのた

めになる。それが君の幸せなんだ）
一滴の毒が、アリエルという精霊の心にぽたりと落ちた。その毒は強力だった。『可哀想だから、契約破棄させてあげよう』という、とんでもない考えを生み出してしまったのだから。

ある晴れた日、まだミスティアとアリエルが主従の関係だった時である。

「ミスティア。アリーシャと共に街へ行ってくるけど、いいかい？」

「……はい、お気を付けて」

のりの匂いが漂う洗濯室。ミスティアはアリエルに一瞥もくれない。アリーシャの言いつけで、普段着のドレスを縫っているためである。指先にはいくつも布が巻いてあった。寝不足の中の作業なので、針を指に刺してしまうのだろう。

ミスティアがこのように冷たい対応なのには理由がある。現在、レッドフィールド家の家計は火の車だ。そのためミスティアは家を守るべく自らの食費を削り、塩を舐めて生活を切り盛りしていた。しかしアリーシャと精霊たちは『息抜き』と称し、たびたび街を訪れては散財してしまう。ミスティアの涙ぐましい努力が水の泡だ。しかし彼女は『精霊たちにも気晴らしが必要だろう』と、それを渋々許していた。

（なぜ『行かないで、そばにいて欲しい』と言ってくれないんだ？　なぜミスティアは私を見てくれないんだ）

だがそんなミスティアの心配りもむなしく、アリエルはまったく別なことに思いを巡らせていた。『自分を必要として欲しい。縋って欲しい』という欲望が満たされず、それは次第に怒りへと変わっていく。

「ああ、私の服もほつれていたんだった！　これも頼むよ」

そう言うと、アリエルは羽織っていた外套をおもむろに脱ぎ、ミスティアの手元にぽんと投げた。作業しているミスティアの手が覆われて、ピタリと止まる。そして、気だるげな紫水晶《アメジスト》の瞳がアリエルを射貫いた。

その瞬間だけ、アリエルの心は満たされる。

「時間がかかりますが、よろしいですか？」

声は平淡で事務的だ。アリエルはカッとして、怒りに顔を赤くさせる。そして感情のままに外套を彼女から奪い返し、それを今度は強く投げつけた。ミスティアは思わず目をつむってしまう。その衝撃で手元の針が指に刺さった。

「……っ」

痛みに顔が歪むが、アリエルは気づかない。

「街から帰ってくるまでに仕上げておいてくれ！」

アリエルはそう言い放つと、足早に去っていった。ミスティアは、ぽかんとしつつドアの方をしばらく眺めた。だがしばらくすると、また縫物の作業を再開したのだった。

こうやってアリエルは度々かんしゃくを起こすのだ。

廊下を足早に歩くアリエルは、ミスティアの瞳を思い出していた。紫水晶は半貴石とされて安価だ。だがどうして、瞳に宿ると胸が締め付けられるほど、美しい。どんな貴石よりも。

アリエルは、初めて召喚された時、ミスティアと目が合った時。その時から、あの薄い紫水晶の瞳にとらわれていた。——ひと目惚《めぼ》れだった。

「ミスティア……愛してる、愛してる……」

だから私が嫌われ役になって、貴方を救ってあげる。と、アリエルは独り言《ご》ちた。彼は物語に出てくる悲劇のヒーローになった気分で、ミスティアへの恋慕に浸ったのだった。


「叔父が気を失っているうちに、家を出ましょう」

そう言って、ミスティアは古い旅行鞄《りょこうかばん》に自らの私物をぎゅっと詰め込んだ。ここはミスティアの私室。とはいっても、邸宅の屋根裏部屋である。侍女でさえきちんとした部屋が与えられるというのに、このざまだ。

だが日当たりが良く案外過ごしやすい屋根裏部屋を、ミスティアは気に入っていた。彼女は窓辺に置かれた鉢植えを、持っていくか迷ったあげく小脇に抱えた。

見かねたスキアが、鉢植えと軽い旅行鞄を持とうと進み出る。優しいスキアに、ミスティアは少しばかり心をなごませる。彼女は彼に甘えることにした。

「これでもう後がなくなりました。特待生になれなければ……退学です。スキアを高みに連れていくことは不可能になってしまいます。それでも、共に立ち向かってくれますか？」

「高みに連れていきたいと考えていたのか？　そんなことは望んでいない。だがあなたは俺の主だ。いつだって身を尽くす」

その言葉は、主だから従うというようにも聞こえる。

「ありがとう、ございます。スキアは何を望んでいるのですか？　私が力になれると良いのですが」

ミスティアの心に影が差す。

彼女の元契約精霊たちを思い出したのだ。彼らは、望み通りにならなかったために離れていった。ゆえに彼女は反省して、スキアに問う。また、離れていってしまわないように。

「……婚約者殿が望むことが、俺の望みだ」

ミスティアはその答えに気を抜かれた。スキアはひょうひょうと笑っている。真剣に聞いたというのに、茶化された気分になってしまう。少々むっとして、ミスティアは眉を寄せた。

「真剣に答えてくださ――」

「そう怒らないでくれ、ほら」

すると、ミスティアの体が宙に浮く。「きゃっ」と『冷徹女』と名高いミスティアが声を漏らした。彼女の肩がぐっとスキアの胸板に引き寄せられる。スキアの白い滑らかな肌が目に近い。これは俗に言う、お姫様抱っこだ。

「な、な、な……！　下ろして！」

ミスティアは顔を真っ赤にさせて抗議した。いつもの敬語も出てこない。足をジタバタさせるミスティアだが、スキアは下ろしてくれない。

「鉢植えはどうしたんです!?　私を持っていたら運べないじゃないですか！」

眉間にしわを寄せるミスティアに、スキアが困ったように笑った。すると、宙からふわふわと鉢植えが降りてきて、ミスティアの手元におさまる。風魔法で浮かしていたのだ。

「これのことか？　暴れたら割れてしまうぞ、大事に持っていて。そうだな……望みが見つかった。ミスティアがしばらく俺にお姫様抱っことやらをされることだ」

その時ミスティアは、図書室で呟いた自らの独り言をふいに思い出した。

『一度でいいから、この主人公《ヒロイン》みたいにお姫様抱っこされてみたいな』

まさかとは思う。ロマンス小説を読んだ直後で、あてられていたのだ。ミスティアは恥ずかしくてたまらなくなった。なんだか体から力が抜けて、歩き出した美しい精霊の顔をただ眺める。

ミスティアの望みが己の望みだと、スキアは言った。

(完全にはぐらかされた。こんなささいなこと、大して望んでもいないのに)

私の一言一句覚えているとでもいうのかしら、とミスティアは内心独り言ちる。もしそうなら、大陸中を探してもスキアのような貴公子は存在しないだろう。ミスティアは悔しくなってスキアの首に手を回した。あくまで、落ちることを防ぐためにだ。

レッドフィールド家を出た二人は、門に誰かが立っていることに気づいた。

(シシャ様。今更、なにか用があるのかしら?)

シシャは二人に気づくと組んでいた腕を解き、こちらへ体を向け直した。どうやらなにか言いたげな雰囲気だ。ミスティアは鉢植えをぎゅっと抱きかかえた。シシャはスキアへ目配せする。ミスティアと二人だけで話したいらしい。

「スキア、下ろしてください。それと少し離れていてくれますか？」

「……あなたが言うなら。だが、何かあればすぐ駆けつける」

スキアはそう言うと、不満げではあったがミスティアをそっと下ろした。そして彼女の額に手をかざし呪文を呟く。ふわりと光が現れ、やがて消えた。

「今のは？」

「念のため、守護の魔法をかけた。裏切者は何をしでかすかわからないからな」

「……ありがとうございます」

スキアは目を伏せて、ミスティアの傍から離れていく。彼女は振り向いた。目に入るのは萌《もえ》黄《ぎ》色の髪に金の瞳。上位の風精霊《シルフ》であるシシャは、ひどく無口な精霊だ。

エルフが編んだ絹の服を身に纏い、肩から緑のサッシュが掛けられている。冷たい美貌そのままに、ミスティアはシシャとの楽しい記憶がない。シシャはミスティアへ静かに語りかけた。

「ここを出るのか」

「貴方に関係ありますか？　アリーシャの精霊でしょう、彼女の心配だけしていればいい」

「そうだな、関係ない。だがこれを渡しておきたかった」

シシャの表情は硬いが、声色からはわずかな苦悩を感じられた。彼は、胸元から一枚のハンカチを取り出した。そしてそれを掌に置き、丁寧に広げていく。そこには古めかしい金のペンダントがあった。小さくミスティアの生まれた日が彫られている。

「お母様のペンダント……！　なぜ貴方が？」

「アリーシャが持っていたんだ。それを俺が修復した。これは貴方が持っているべきだと思う」

シシャは柔らかくペンダントを包み直すと、それをミスティアへ差し出した。アリーシャが素直に修復させるとは思えない。きっとシシャが隙を見て彼女から盗《と》ったのだろう。ミスティアは安堵と、怒りと、何かの苦しい感情がふつふつと胸に湧き出るのを感じた。

なぜ、今更？　なぜ今になって優しくするのだろう？

「修復していただいたことは礼を言います。ですが、ええ。これは、貴方だけには持ってて欲しくありません。お母様の精霊だった、貴方にはね」

ミスティアが毒づくと、シシャはそっとミスティアの手を摑み、ペンダントを握らせた。するとそのまま無言で彼女の横を通り過ぎていく。だが彼はスキアの隣でピタリと足を止めた。

空気がピリ、と張り詰める。

「彼女を守ってあげてくれ」

「そのつもりだ。裏切者殿」

それだけ言うと、シシャはまっすぐ邸宅へ歩いていった。二人の会話はミスティアには聞こえていない。二人はしばらくシシャの後ろ姿を見つめていたが、ついにシシャが振り返ること

はなかった。ミスティアは、掌のペンダントをぎゅっと握りしめる。

(これでもう、思い残すことは一切なくなったわ)

彼女の鼻に、かつて賑《にぎ》わっていた日々が香った。キッチンメイドが焼いてくれたスコーンの、甘い匂い。高い空に消えていく笑い声や刈った芝生の香り。

ここは確かに、思い出の詰まった邸宅だったのだ。

第二章　魔法学園へ

ミスティアたちは何とか馬車を見つけて、王都にある魔法学園へとやってきた。馬車に乗るまでだいぶ歩かなければならなかったため、ミスティアはすっかりくたびれてしまった。途中、スキアが『空を飛んではどうか』と提案してきたが、丁重にお断り申し上げた。一応、風の上級魔法の頁《ページ》に、飛空魔法は載っている。だが貴族令嬢なので体裁を気にしたのだ。城下の子供たちに空を指さされてはたまらない。

ミスティアたちは、学園長室を目指し早歩きで教室を通り過ぎていく。目的地は眩暈《めまい》がするくらい巨大な螺旋階段《らせんかいだん》の先だ。スキアは余裕そうに、ミスティアはハァハァと息切れしながら口を開いた。

「学生は望めば、特待生になるための試験を受けることができます。権利は一度きりです。もちろん学生は慎重に権利を行使しますが、今回はそうも言っていられませんね。特待生になれば、国が身柄を保護してくれます。授業料も無料になりますし、叔父も簡単には退学にできない。……啖呵《たんか》を切ったはいいものの、不安です。合格基準は、教授によって異なってこればかりは運ですね。さて、私の担当はどちらの教授なのでしょう？」

魔法学園では魔法の適性がある者は、身分に関係なく誰でも通うことができる。——ただし、高額な授業料により実際は貴族が生徒の大半だ。そこで学園長が考えたのが『特待生制度』。優秀な者は国益になると国を説得し、平民であっても学園に通えるような仕組みを作ったのだ。

そしてこの特待生制度は授業料免除のほかにもう一つ利点がある。『国益』という名目から、たとえ保護者が生徒の退学を望んだとしても、そう簡単には退学させられないという点だ。まだその決まりがなかった頃、せっかく特待生になれた平民の生徒が、親に退学させられるという事態が多々発生した。

それは結局、平民が特待生であることを許せない貴族が、特待生の親を脅して退学させていたからである。激怒した学園長はすぐさま制度を見直し、新たな決まりを作った。

ミスティアは貴族令嬢ではあるが、この決まりがあったからこそ復学に希望が持つことができた。

「関係ないだろう。ミスティアが落ちることなんてありえないのだから」

「そ、そんな自信満々に。回復《ヒール》や風魔法は使えましたが、どれも初級魔法ではないですか。要求されるのはきっと中級魔法です」

「ならここで使ってみればいい」

スキアは至極簡単に言ってのけた。彼を連れて歩けば、すれ違った女子学生が雷に打たれたような顔で立ち止まる。それも何人もだ。原因は、このおとぎ話から飛び出してきたような彼の容姿だろう。ミスティアはため息を吐《つ》きたくなる。

「そうしたいのはやまやまなのですが、なにせ時間がありません。叔父が早馬を走らせて退学届けを提出すれば、厄介なことになりますから。言っておきますが、中級魔法はどれも簡単に放ってはいけませんからね。辺りに被害が及びます」

「承った、我が主」

恭しくスキアが言うので、ミスティアはこれ以上なにも言うまいと口をつぐんだ。そして目的地へとたどり着く。学園長室は、巨大な天体望遠鏡と一体になっていて、ドーム形だ。室内は壁が本棚になっており、古い紙の匂いがした。広い天窓は、昼の強い日差しを遮るために閉じられている。

天窓から下りる長い鏡筒。その真下に置かれた脚のとても長いハイスツールに、腰かけている老婦人が一人。彼女はレンズのくもりを布で丁寧にふき取っていた。

学園長室の扉は開け放しだったために、ミスティアはその場で咳払《せきばら》いする。すると彼女がぱっとこちらへ振り向いて、小さな丸眼鏡をかけなおした。

「おやまあ、可愛《かわい》らしいお客さんだ」

そう言うと、彼女はハイスツールからぴょんと下りた。ミスティアが心配する間もなく、ふわりと風魔法が現れて衝撃を緩和する。

「ごきげんよう、今日は精霊が騒がしいと思ったら！　私の小さな文通相手さんだったのね」

「ごきげんよう。先生、ご無沙汰しております。突然の訪問申し訳ございません」

ミスティアはカーテシーを披露した。目上への尊敬を込めてしごく丁寧に。先生と呼ばれた彼女は、メアリー・シンプソン侯爵夫人。アステリア王立魔法学園の学園長である。歳《とし》は還暦を過ぎたくらいの見た目。上品な白髪を束ねて、紫の口紅をつけている。紺のローブも相まって、いかにも魔女というような雰囲気だ。

「生徒はいつだって訪ねてきて良いの。それで何か用があるのよね？　貴方《あなた》のパートナーが変わっていることに関係あるのかしら」

「……差し迫った事情がありまして。特待生試験を、受けさせていただけないでしょうか。

——叔父が私を退学させる前に」

「本当に突然なのねえ」

メアリーはそう言うと、困ったわ、と頬に手を添えた。白い睫毛《まつげ》を伏せて彼女はしばらく考え込む。すると、一匹の黒猫がミスティアの足元をすり抜けた。口には封筒を咥《くわ》えている。

「あら、手紙が来たみたい。ありがとう、ベル」

メアリーはベルと呼んだ黒猫をひと撫《な》ですると、手紙をその場で開封した。内容を読むと、彼女は先ほどよりもずっと難しい顔で悩みだした。

「まさか封筒に、入学届と退学届が一緒になって入っているなんて！」

「もしかして私の退学届、ですか」

「ええ。編入希望者の入学届には特待生試験の願書も添えられていたわ」

会話に飽きたベルが、一つあくびをして小さなティーテーブルへジャンプした。その横にはスノードームが置いてある。キラキラと雪が降っていて、少女の人形が二人で雪玉を投げ合っていた。魔法の力で動いているようである。メアリーはそのスノードームをじっと見つめた。

「……ああ！　良いことを思いついた！」

メアリーは目尻にしわを寄せて、にっこりと笑う。ミスティアは、その笑顔を見てなぜだか嫌な予感がした。

「貴方とこの編入希望者で、決闘してもらいましょう！　私が担当するわ。それで、勝った方が特待生になる。名案だわね！」

「その決闘相手って……」

「ええ。アリーシャ・レッドフィールド嬢よ」

ミスティアは目をぱちりと瞬かせた。本気ですか先生、と。

「沢山生徒を集めましょうね、舞踏会を開くの。決闘はメインイベント。きっと楽しい催しになるわあ」

メアリーがあまりに機嫌良く言うので、ミスティアは絶句してしまう。メアリーはミスティアが何も言わないのを良いことに、どんどん話を進めていく。ミスティアは人形のようにカクカクと頷《うなず》いた。

「じゃあこの日にしましょう。あと、この書類は見なかったことにするわね」

「え？」

そう言うとメアリーはミスティアの退学届を手に取った。すると手紙の端に火が付き、あっという間に燃え上がっていく。後はぱらぱらと灰が散り、床のホコリとなった。ミスティアは驚いた顔でメアリーを凝視する。

「貴方《あなた》の方が先だったから。良かったわね〜間に合って。あ！　これは私たちだけの秘密にしましょう」

「は、はい。ありがとうございます」

ミスティアは、叔父に啖呵を切ったことといい、退学届の焼失といい、崖っぷちに立っている心地がした。しかも、メアリーは決闘を見世物にするつもりらしい。

彼女は優しいがつくづく苛烈な面もある。というのもメアリーの決闘好きは今に始まったことではない。魔法学園で起きた生徒同士の諍《いさか》いを、決闘によって解決させることが多々あるのだ。

（まさか、元契約精霊たちと戦うことになるなんて。話が伝わればアリーシャはさぞ喜ぶでしょうね。私のことを魔法が使えない無能だと思い込んでるし）

退学は今のところ免れたが、もう一つ問題があった。ミスティアは恐る恐る口を開く。

「先生、部屋をお貸しいただくことは可能でしょうか？　屋根裏でもどこでも良いのですが」

「良いわよ。屋根裏だなんて、ふふふ！　面白い冗談を言うのね。寮の空き部屋をベルに案内させるわ。それじゃあ、貴方たちに幸運あれ！」

メアリーが微笑《ほほえ》んでベルに目配せする。ベルがティーテーブルから軽やかに下りた。冗談にとられたが、ミスティアは今まで屋根裏でずっと寝泊まりしていた。だが貴族令嬢が屋根裏で寝泊まりすることなどありえない。ミスティアは（まあその反応が普通よね）と思いつつ、メアリーに一礼をした。

ベルが扉でにゃあと一鳴き。早く来いと催促しているようだ。

「かさねがさねありがとうございます。それでは、先生」

ミスティアは、ベルに急《せ》かされて踵《きびす》を返した。スキアもそれに続いていく。扉を出て、階段を下りていく一行を眺めながら、メアリーは優雅にお辞儀をした。

「長く生きていれば、面白いこともあるものね」

そう独り言《ご》ちながら。

アリーシャは有頂天そのものだった。

彼女は私室のベッドに横たわり、クッションを抱いて天井を見上げていた。天井に描かれた天使が、アリーシャに向かって微笑んでいる。

思えば優れた容姿といい才能といい、すべてに恵まれてきた。欲しい立場も父が作ってくれたし、したくないことは自らが『姉』と呼ぶミスティアに押し付ければいい。

ホード卿《きょう》の婚姻話が来たときは、流石《さすが》の彼女も焦った。だがちょっと頭をひねれば、すぐに問題は解決だ。

（お姉様から簡単に精霊を譲ってもらって良かったわ～！　ホード卿はお姉様に押し付けられたし、精霊たちは美しいし！　しかも精霊使いとなって、高位貴族が集まる学園にも通えるのだから！　本当に最高！）

アリーシャはニヤニヤと頬を緩める。ベッドで体を転がし、学園でのめくるめくラブロマンスに思いを馳《は》せた。

今でさえ、シシャ以外の精霊にお姫様扱いしてもらえる毎日。学園に行けば、もっと持て囃《はや》されるに違いない。アリーシャは頬を染めて、ほうっとため息を吐く。きっと自らの学園デビューは素晴らしいものになる。

「でもあんまり魔法が読めなかったのよね～。お姉様が召喚した精霊だから、使えないのも仕方ないか」

アリーシャは、精霊のことにあまり詳しくない。

『精霊の書』に魔法が記されていて、魔力があれば魔法が読める、というシンプルな知識しか持っていないのだ。最初は、自分が主になれば沢山魔法を使わせられるはず！　最強になれるはず！　と意気込んでいた。だがシャイターンが使えたのは、焚火《たきび》ぐらいの炎を出せる魔法だけ。他の精霊も同じような感じだ。

「は～あ、上位精霊だっていうから期待していたけれど。見た目はすっごく良いのに。本当に残念」

彼女の頭には、『自分の魔力が不足している』という考えは全くなかった。精霊がたいした魔法を使えないのは、『姉が召喚した精霊だから』なのだ。

唇を引き結び、アリーシャはベッドから身を起こす。立ち上がると、少しだけふらっとした。

（なんだか最近、立ちくらみが多い気がするわ。なぜかしら？）

きっと浮かれすぎて、寝不足だから。と、アリーシャは自分に言い聞かせた。彼女は首を振って、窓の外を見る。庭では、シャイターンが魔法の練習をしている姿が見えた。——剣の素振りをする騎士さながらだ。アリーシャは白魚のような手をそっと窓硝子《まどガラス》にそえて、微笑む。

「シャイターン様。努力していらっしゃるのね、流石だわ！　もっと強くなっていただかないと」

ちなみに何度魔法を使っても、精霊が新しく魔法を覚えることはない。威力が上がるということもない。すべては、魔力源である契約主に依存しているためだ。精霊が努力しても無駄なのである。強くなるには、主が血の滲《にじ》むような努力をするしかない。

シャイターンは単に、やっと使えるようになった魔法を馬鹿みたいに使って楽しんでいるだけなのだ。

その姿を、何も知らないアリーシャはうっとりと見つめた。すると、コンコン、と扉をノックする音。アリーシャが振り返る。

「はぁい、どなた？」

「私だアリーシャ。入ってもいいか？」

「あら、お父様！　どうぞお入りになってくださいませ」

アリーシャは声を明るくして、扉へ駆けた。ガチャリと扉が開き、彼女は父の胸に飛びつく。

無邪気な少女のような歓迎に、父である彼も顔を綻ばせた。淑《しと》やかさには欠けるが、懐いてくれる娘を無下にはできない。彼はアリーシャの両肩に優しく手を置いた。

「おやおや……。走ったら危ないだろう」

「うふふ！　でも嬉《うれ》しくって！　お父様のおかげで私凄《すご》く幸せですの！」

幸福に頬を染め父を見上げるアリーシャはとても愛らしい。父は、娘の幸せな笑顔を守れたことに幸せを噛《か》みしめた。

「良かったよ。お前がホード卿に嫁ぐなんて考えただけでもぞっとする。アリーシャにふさわしい殿方が見つかると良いな」

「はい！　学園へ通えばきっと、素晴らしい王子様が私を選んでくださるはずですわ」

「……そのことだが、アリーシャ……」

父はアリーシャの肩から手を下ろし、気まずそうに彼女から目を逸《そ》らした。その態度から察するに、良くないことが起きたのは明白である。アリーシャは不安げに目尻を下げた。

「何かあったのですか？」

「学園で、特待生試験を希望しただろう？　その試験内容なのだが……つまり。ミスティアと決闘することになった。すまない、退学届を提出したのだが間に合わなくてな。ドブネズミが窮地に立たされて噛んでくるとは。お前なら心配いらないと思うが、あの精霊はまるで獰猛《どうもう》な野犬だ。怪我《けが》をしないよう十分に気を付けてくれ」

「え？　試験内容がお姉様との決闘？」

アリーシャはフッと鼻で笑った。もっと悪い知らせかと思えば、なんてことはない。彼女は拍子抜けしてしまう。

（なぁんだ、そんなの余裕じゃない！　お姉様は精霊を顕現することさえ難しかったのだから。そもそも魔法を使えるはずないわ。あ～、私って本当に神様に愛されているのね！　運が良すぎるんだもの。特待生はこれで確実よ！）

「まったくお父様は心配性ですわね。私は上位精霊を三体、余裕で維持できているのですよ。しかも魔法も使えます。魔法が使えないお姉様に負けるはずありません」

「そ、その通りだな！　お前が負けるなんてありえないことだ。アリーシャ、ミスティアに慈悲などかけなくても良いからな。学園に逃げ込むなど、家門に泥を塗った娘だ。勘当し退学となっても家には戻らせない。そのつもりで対応してくれ」

「まあ、お可哀想《かわいそう》に。何も勘当せずともよいではないですか。精霊様をまた譲っていただいて、ホード卿に嫁いでもらえばよろしいのに。もし拒否なされば、ハウスメイドとして家にいていただいても大丈夫ですわ」

アリーシャは優しい声で父に語り掛けた。彼女の父はたまに短絡的なところがある。ミスティアにはまだ沢山使い道があるのだ。だがアリーシャが父に注意すれば彼が逆上するのは必至。下から優しく言えば父は簡単に転がされてくれる。彼女の思った通り、父はアリーシャの優しい心遣いに涙を潤ませた。

「お前は……！　本当に優しい子だ。きっとお前の母に似たんだな。お前のためなら何でもしてやりたいよ、アリーシャ。話したら心が軽くなった心地だ。心配することは何もない。思う存分戦ってきなさい、そして、ミスティアの今後はお前に任せる」

「お父様、ありがとうございます」

父と娘の美しいひと時。彼らはまだ得てもいない未来の勝利に酔いしれる。父は、ミスティアをホード卿に売って手に入れるであろう金に、頭をくらくらとさせた。アリーシャは学園での華々しい勝利を思い描き、頬を緩ませたのだった。

女子生徒の学生寮は東棟にある。

赤煉瓦《あかれんが》で積まれた外壁には緑の蔦《つた》が這《は》っていた。ミスティアたちは、東棟の端っこにある角部屋に案内された。ミスティアはベルを撫でたくてうずうずしていたが、ベルは案内が終わればスルリと足元を抜け早々に離れていってしまった。ミスティアは名残惜しそうにベルの後ろ姿を見つめる。

すると突然ベルがピタリと足を止め、振り返った。ミスティアはドキリとして金色の瞳を見つめ返す。

「決闘とあらばふさわしい装いをしてらっしゃいね。あと、侍女《レディーズ・メイド》はいないのかしら？　今回は仕方ないとして、入学までには雇っておいでなさい」

ツンと気取った高い声。鈴を転がしたように甘い響き。ミスティアは誰かがいるのかと辺りを見回した。だが見事な模様の絨毯《じゅうたん》が敷かれた廊下には、人っ子一人いやしない。

「どこを見ているの？　お馬鹿さん。いいこと、くれぐれもメアリーに恥をかかせないでよね」

その声はどうやら下方から発せられているようだった。

——精霊の気配。

ミスティアは人型である上位精霊以外の精霊をあまり見たことがない。そのため気づくのが遅れてしまった。精霊の姿は、下位・中位・上位でそれぞれ現れ方が異なる。下位は虫や蛇といった意思疎通ができない姿で、中位はネズミや狐《きつね》、猫や烏《からす》の姿をしていることが多い。上位ともなると、召喚者と完璧に意思疎通が可能な容《かたち》で現れる。

しかし中位の姿でありながら、言葉を発することができる精霊は珍しい。現世で顕現している期間が長ければあるいは可能だろうが、そうであればかなり老熟した精霊であることを推察させる。

ミスティアはそこまで考えた後、敬意を込め彼女へお辞儀を披露した。それを見たベルが長いしっぽを少しだけしならせる。声の主は、この美しい黒猫であった。

「あら、礼儀はなっているようね」

「申し訳ございません、精霊様とは露知らず……。あの、決闘にふさわしい装いというのは一体どのようなものなのでしょうか」

「そこの精霊は教えてくれなかったの？　あなたひどいざまよ。髪は伸びっぱなしだし、服もボロボロ。ここはあなたの家じゃないの。家で縫ったつぎはぎだらけの服は見苦しいわ。メアリーが気にかけた子がそんな様子じゃ、彼女が恥をかくでしょ。舞踏会も開かれるのだから、もちろん華やかなドレスを仕立てておきなさい。言っておくけれどあなたが剣を振り回して戦うわけじゃないんだから、もしズボンなんて穿《は》いてきたら頭をこづくわよ」

ベルが早口で畳みかけた。

「は、はい。ドレスですか。お恥ずかしながら、身一つで家を飛び出してきたもので。財産になるものを何一つ持っておりません」

ミスティアは頬に手を当てて唸《うな》った。この可愛らしいレディを怒らせたくはないが、綺麗《きれい》なドレスなんて持ち合わせていない。ドレスを仕立ててもらうためのお金もすべて叔父が握っているのだ。

「こうなったら徹夜でレースを編んでそれを露店で売るしか……でもそれだと時間が……」

ミスティアがうんうんと悩んでいると、今まで静かだったスキアが口を開いた。

「それならこれを売ると良い」

スキアはミスティアの近くに歩み出て、腰に下げてあった短刀をベルトから引き抜いた。見事な彫刻の鞘《さや》。スキアは、その鞘からゆっくりと剣を抜く。

「わあ、なんて綺麗な瑪瑙《めのう》石。精霊刀ですね。見事な品です、売るなんてとんでもない。これは持ち主の無事を祈る守り刀じゃありませんか」

ミスティアは、青い瑪瑙を薄く削った美しい短刀に目を奪われた。彼女は審美眼に自信があるわけではない。だが素人から見てもこの短刀の造りは目を引くものだった。精霊刀を売れば、ドレスどころか立派な邸宅さえ買えるという話を聞く。目尻を下げてミスティアはスキアを見上げた。

「なら本来の役目を果たせる。主に恥をかかせる精霊は名折れだ。俺の心の無事のために役立ててくれ。ミスティアが売らないと言うのなら、その猫の主に頼むとしよう」

「あら、いいわ。この子よりメアリーの方が質には詳しいだろうし。……けれど次に猫といったら噛みつくわよ」

「それは失礼を、小さなレディ」

「フン」

ベルがそっぽを向くと、スキアは目を細めてくすりと笑った。そして彼は精霊刀を鞘にしまうと下緒を器用に鞘へ結んで、ベルの首に短刀をかけてやった。二人の間でどんどん進んでいく話に、ミスティアが割って入る。

「ちょ、ちょっと！　スキア。駄目です、こんな高価なもの……！」

「侍女を雇うのにも色々と物入りだろう。さあ、行ってくれ」

「承ったわ」

「精霊様、お待ちください！　貴方様は入学までと仰《おつしや》りましたが、私が勝つと決まったわけじゃありません」

「だって、そりゃあ」

ベルは月が浮かんだ金色の瞳でスキアを見た。ミスティアの後方、肩越しに見えるスキアが『静かに』と人差し指を唇に当てた。ベルはため息を吐き、再びミスティアに視線を戻す。

「とにかくメアリーが目にかけている子なんだから、勝つに決まってる。負けたら許さないからね。それじゃあ、私は行くから」

「精霊様っ……！」

ミスティアの制止も空《むな》しく、ベルは軽やかに廊下を駆けていった。そして今度は、振り返ることなく。ミスティアは胸のあたりで拳をぎゅっと握った。

貰《もら》って、ばかりだ。スキアには命も助けられたし、前に進むために助力してくれた。いつだって彼は優しく、ミスティアに手を差し伸べ続けている。その上きっと彼が大事にしていただろう精霊刀も手放してくれた。

（私は、何も持っていないのに。こんなんじゃ、スキアに何も返せない。返せなかったら、きっとまた……）

裏切られる。スキアに背を向けられると想像しただけで、彼女の心はずきりと軋《きし》んだ。

「大事なものだったのでしょう」

「今の俺にとって、大事なものはあなた以外にない」

「そんな、こと」

信じられないと思った。だって精霊刀は特別な守り刀だ。きっとスキアを大事に思う誰かが、かつて彼に捧《ささ》げたのだろう。精霊刀は流通が少ないために、贈る目的が限られる。主な目的は、婚姻相手に捧げるためのものだ。

「過去に大事な人から、貰ったものなのでは？　そんな大切なものを売ったお金で買うドレスなんて着られません」

ミスティアがそう言うのも尤《もっと》もだった。だがスキアの行動も、主を助けるという意味では正しい。そんな八方ふさがりな状況を破ったのは、スキアの唐突な、押し殺したような笑い声だった。

「……くっ、くく。過去の大事な人、ね。そんなものいるわけない。俺にとって大事な人はミスティア以外いない。昔も今も。あれは呪うべき品だ。俺がいないと困る者たちから捧げられた供物。あなたが心を砕く必要は一切ない。しかしもし大事なものだったとしても、なんら惜しくはないいさ。だがあなたは優しいから苦しいだろう。そうだな」

遠い過去を憎む眼差《まなざ》し。普通ではない様子のスキアに、ミスティアは息を呑《の》んだ。なにが彼を苦しめたのだろう。知りたいが、傷を抉《えぐ》るのが怖くてミスティアは押し黙る。ややあってスキアが再び口を開いた。

「舞踏会では最初に、俺と踊って欲しい」

そうしてできれば、自分以外との誰とも踊らないで欲しい——とスキアは言葉を呑み込んだ。

あまりに欲のない願いにミスティアはまた胸を刺される。

「それは、私からお願いしたいくらいです。社交界では変わり者と噂《うわさ》されていますし。それに私……スキア以外とは踊りたくないです」

ミスティアがぎこちなく苦笑する。

「嬉しいが、これからはそれじゃ困る。あなたは自分の殻を破った小鳥の雛《ひな》だ、いつかは巣立たねば。俺の主が悪い噂話を立てられているのは我慢ならない。やってくれるか？」

「……スキアのためなら、頑張ってみます」

「素晴らしい」

そうやってまた優しくスキアが微笑む。ミスティアは胸のどこかを、柔らかい羽でくすぐられた心地になった。

（なぜスキアは、こんなにも私に良くしてくれるんだろう？）

他人にここまで優しくされたのは初めてで。どうやったら彼が喜んでくれるか、笑ってくれるかで頭がいっぱいになる。すると自然にミスティアは、スキアに向かって柔らかく微笑んだ。かつての約束は忘れて、思いのままに。

「ありがとうございます、スキア」

「！」

ミスティアは気づいていないだろうが、彼女が笑うと花が咲くようだ。決して太陽の下で咲く向日葵《ひまわり》ではなく、崖に咲く白い山百合《やまゆり》のような。

スキアは恭しくその場で一礼すると、ミスティアに手を差し伸べた。その洗練された動きに、ミスティアはドキドキと胸が高鳴る。まるで物語の王子様が目の前にいるようで。美しいプラチナブロンドの髪がきらりと輝いた。

「私と踊っていただけますか、マイ・レディ」

「……喜んで」

また、ミスティアが『予行練習ですね』と笑う。スキアはこの世で一番愛している大切なものを見つめるように、彼女を見つめた。そんな風に視線を送られて、ミスティアは頬が熱くなる。

(そんな目で見られたら勘違いしちゃいそうだから、止《や》めて欲しいわ)

スキアの掌《てのひら》はとても大きく、簡単にミスティアの手を包み込んでしまった。指先が触れただけで、心が蕩《とろ》けてしまう。

ミスティアはこの感情の名前を知っていたが、知らないふりをした。そして、心の奥底にそっと蓋をしたのだった。


次の日、正午の少し前。部屋でミスティアが読書していると、扉から控えめなノックの音。

彼女はパタンと分厚い本を閉じ、サイドテーブルへと置く。そして扉に向かって声をかけた。

「どうぞお入りください」

「失礼いたします」

その声がすると同時に、影に隠れていたスキアが金の粒子を編みながらミスティアの隣に現れた。与えられたのは一部屋のみだったので、スキアが『俺がいつまでもいると息が詰まるだろう』と遠慮していたのである。警戒しているのか彼は剣の柄《つか》に手を乗せた。

扉が開かれる。そこにいたのは、美しいドレスを纏《まと》った女性たちだった。一礼した後、ぞろぞろと部屋に入ってきた五人。その中の孔雀羽《くじやくばね》の帽子を被《かぶ》った女性が、両手を合わせてミスティアに微笑んだ。微笑まれた彼女は、何事かと立ち上がり目を瞬かせた。スキアは剣の柄から手を外し壁に寄る。警戒の必要なしと判断したらしい。

(エッ？　状況が飲み込めないのだけれど!?)

「初めまして、お嬢様。私たちはシンプソン侯爵夫人に雇われた仕立て屋でございますわ。私はウォルターズ・テーラーの店主、イヴリン・ウォルターズと申します。この度は格別のご愛顧を賜りお礼申し上げます。早速ですがお嬢様。こちらのお部屋に私どもの商品をお運びしてもよろしいでしょうか？」

「仕立て屋？　えっと、お頼みした覚えがないのですが」

「サプライズということでご依頼を受けましたの。お代に関しては、メアリー様から既にいただいております。遠慮されるだろうとこのお手紙をお預かりいたしました、どうぞ。……さて、お嬢様。こういったお仕立てには時間がかかります。お運びしてよろしいですね？」

「は、はい」

イヴリンと名乗ったマダムは、ミスティアに手紙を渡すと、にっこり笑った。そしてキリリとした職人の顔へと変わる。彼女は両手を二回叩《たた》いた。すると狭い部屋にドレスを纏ったマネキンや、ハンガーにかけられたドレスが次々と運ばれてくる。

しばらく呆然《ぼうぜん》と見つめていたミスティアだったが、手元にあった手紙を読むことにした。

（えーと、『精霊刀を預かりました。すぐに知り合いで買い取りたいとの申し出があり、お譲りした次第です。随分感謝されて、私までその夜豪華なディナーをごちそうになりました。お金は貴方の口座を開いてそこに預け入れしました。あとで確認しておいてください。それと、ドレス代はディナーのお礼です。大人しく受け取ってね』って……。お礼にしては大掛かりすぎる気がするのですが）

ミスティアは、手紙と共に同封してあった通帳を開いた。そこには一千万リアと記されている。一千万リアはかなりの大金だ。どれくらいかというと林檎《りんご》が十億個買えるぐらいである。

つまり、とてつもない天文学的な額で一生お金に困らないほどだ。

（いっ、せ、リア……!?　こんなの出せるのは王家か公爵家ぐらいじゃ!?）

ミスティアは手が震えた。そしてこんな価値のある精霊刀を手放してくれたスキアにすさまじい罪悪感が湧く。壁に寄り掛かって作業を眺めている彼に、ミスティアがジリジリと近寄った。

「スキア。精霊刀の買い手が見つかったそうです。それで、その……。学園長のはからいで既に口座に振り込まれていて……。とんでもない大金でした。侍女なら百人でも雇えそうです」

「それは良かった。いらないものが役に立ったな。侍女を百人雇うと良い」

スキアが笑って軽口を叩く。

「雇いませんよ！　それで、えっと。改めてありがとうございます。本当に良かったのですか？」

「ああ。くれぐれも後で取り戻そうなどとは考えないでくれ。俺の顔を立たせてくれるつもりがあるのなら」

「……はい」

実は、考えていた。見透かされてミスティアは指をもじもじとさせる。こんな貴重なものを持っているなんて、一体スキアは何者なのだろう――。ミスティアは彼をじっと見つめた。視線に気づいたスキアが、口の端を上げる。

「なにかあなたから贈り物を貰えれば嬉しいな」

「お、贈ります！　スキアの好きなものを何でも」

「そんなに意気込まなくてもいい。あなたから貰えるものなら、たとえ花弁がすべて落ちた薔《ば》薇《ら》であっても嬉しいよ。そこに棘《とげ》しか残っていなくても」

スキアにそう言われ、ミスティアはびっくりしてしまった。

「そ……そんな悲しい薔薇はスキアには似合いません。貴方にはきっと、目が覚めるほど真っ赤な薔薇が似合います！」

ミスティアが前のめりにスキアを褒め称《たた》える。彼女からの賛辞に、スキアはそっと目元を染めた。

「……俺に赤い薔薇をくれると？」

「はい！」

「嬉しいな。だが、勘違いしてしまいそうだ。――あなたから愛されているのではと」

「へっ？」

ミスティアが固まる。そして気が付いた。

（は、恥ずかしい。赤い薔薇を贈るだなんて、愛の告白をしているのと同じじゃない……！）

赤い薔薇の花言葉は本数によって変わるが、そのほとんどが愛を囁《ささや》くものだ。そういうつもりではなかったが、スキアから期待のこもった目で見つめられ、ミスティアは頭が沸騰しそうになる。

スキアの蕩けるような甘い視線が、ミスティアの心をジリジリと焦がしていく。

(目が、逸らせない……っ)

すると、準備が終わったのか一つ咳払いが聞こえた。店主である。

「お話し中のところ申し訳ございません。準備が整いましたので、殿方は退出していただけますか?」

「……スキア、申し訳ありません。しばらく控えていてくれますか?」

二人の間の甘い空気が消え去る。ミスティアはホッとして胸を撫でおろした。

「心配だといえば過干渉になるかな」

スキアが目を伏せる。ミスティアを一人残して消えるのが気がかりな様子だ。見かねた店主が口をはさむ。

「いけないというわけではありませんが、何せ脱ぎ着を沢山いたしますので。困るのはお嬢様かと」

「それでは、仕方ない。守護の魔法はまだ有効だな。何かあったらすぐ名を呼んでくれ」

「わかりました」

そう言うと、スキアは金の粒子と共に足元からさらさらと消えていく。物語の一節さながらの美しい場面に、周囲の女性たちが感嘆の息を漏らした。手が止まる女性陣。しばらくすると気を取り戻したのか、店主が恥ずかしそうに咳払いをした。その声で、周囲の女性たちも慌てて作業を再開させる。

（色々ととんでもない美しさよね、プロでも思わず手が止まるほど）

ミスティアは内心うんうんわかると独り言ちた。

「さあ、始めましょう！　戦の始まりですわね。まずは御髪《おぐし》を整えますわ、それから——」

その完璧な笑顔に、ミスティアは頬をひきつらせた。次は椅子に座らされた。沢山の人の手がミスティアに触れ、あれよあれよという間に服が剝がされる。ミスティアのボサボサの髪を梳《す》く女性は、眉を吊《つ》り上げている。まるで親の仇《かたき》と戦っているような形相だ。ちなみに物凄く痛い。ミスティアは自分の髪がカットされ床に落ちていくのを、ぼんやりとただ見つめるしかなかった。

「素晴らしいですわ！　私の最高傑作です！　ああ、ここに絵師を呼びたいくらい！」

店主がうっとりと頬に手を当てて歓喜の声を上げた。鏡台の前に立たされたミスティアは、ゆっくりと瞼《まぶた》を開く。そこにいたのは。

「これが、私ですか……!?」

小説のような台詞《せりふ》を、まさか自分が言うとは思わなかった、とミスティアは思った。

だが、本当に自分が自分でないみたいなのだ。鏡台の前に立ちながら、ドレスをくるりと翻す。ボサボサだった髪は切り揃《そろ》えられ、胡桃油《くるみあぶら》で艶めいている。

ガサついていた手指は軟膏《なんこう》を塗られ、丁寧に爪さえもやすりで磨かれた。灰色のつぎはぎなドレスはクローゼットに押し込まれ、新しいドレスに。

そのドレスの美しいことは——。淡い菫《すみれ》色のミスティアの瞳に合わせ、薄い藍色のグラデーションの生地。その上には、何層ものチュールが折り重なっていた。そして、所々に真珠が縫い留められている。

元々肌の白いミスティアがそのドレスを纏えば、まるで銀妖精が人の世に迷い込んだのかという風情だった。店主は頬を上気させ、誇らしげにミスティアと同じ鏡に映り込んだ。

「王都で一等美しいご令嬢ですわ。こんなに素晴らしい原石が隠れていたなんて！　きっとこのドレスも素晴らしい噂に——ゴホン。早く皆様に披露されたいですわね。その前に、二人きりであの美しい聖騎士様に御披露なさっては？　もちろん私どもは退散いたしますので」

美しい聖騎士様、はスキアのことを指していた。ミスティアは恥じらって顔を伏せる。肯定するのははばかられた。

「ウォルターズ夫人、ありがとうございます。これで安心して舞踏会で踊れますわ」

「私も嬉しく思っています。さて、こちらは仮のドレスですので、完成品は仕上げに少々お時間をいただきます。完成しましたらお届けしますわ。今着ていらっしゃるドレスは差し上げます」

「よろしいのですか？」

「ええもちろん。それでは、ミスティア嬢」

「ウォルターズ夫人」

ミスティアは心を込めて一礼した。店主も礼を返す。ミスティアの部屋は洋服や物でぎゅうぎゅうだったが、彼女たちが去るとあっという間に殺風景な部屋に戻ったのだった。

(夫人には見透かされていた。前は感情なんて絶対悟られなかったのに。なぜかしら？　もし、スキアにも伝わっていたらどうしよう)

鏡に不安そうな少女が映っている。前より、不安になることが増えた。驚きや、喜びも。冬の海を裸足《はだし》で歩くくらい心細いのに、それをどこか楽しんでいる自分がいる。

(自由になるって、こんな感覚なのね)

「もう、現れていただいて大丈夫です。スキア」

ミスティアが言うと背後で暖かい風が吹いた。彼女はゆっくりと振り返る。そこには、ミスティアの姿を目にして驚きの表情を浮かべるスキアがいた。

彼はうろたえた様子で視線を左右に動かす。ミスティアの視線に気づくと、口を手で覆い顔を背けた。

「……綺麗、だ」

それ以上言葉が出てこないといった様子だ。ミスティアは、彼が優しさからお世辞を言っているのだろうと一瞬考えた。だが、その卑屈な考えに首を振る。ウォルターズ夫人らがせっかく飾ってくれたのだから、素直に喜ぼうと思った。

「ありがとうございます」

スキアの目を見てまっすぐお礼を言うミスティア。それを見て、スキアはふっと息を吐いた。

「正直、寂しいくらいだ。この姿のあなたを他の者に見られたくないと思ってしまう」

(だから勘違いしそうになるって。こんな気障《きざ》な台詞、他の女の子にも言うのかしら?)

いつもの、過剰に甘くて優しい彼の物言い。すべてうのみにし続ければ、沼に嵌《は》まってしまいそうだった。ゆえにミスティアはスキアの言葉を受け流す。

「戦装束が手に入りましたね」

「これを戦装束と。あなたらしいな」

硬い鎧《よろい》を纏っているわけでもないのになぜか勇気が湧く。

着飾れば、強くなれる気がした。


「アリーシャ・レッドフィールド嬢のご入来！」

名を呼ばれたアリーシャが、自信満々の笑顔で舞踏会へと入場する。この日のために仕立てた晴れ着。美しい顔立ちを際立たせる薄化粧。けれど口紅だけは真っ赤に。準備はすべて万端だった。カツ、と大理石を踏む音が鳴り響く。

まあ……とざわめきが上がった。

アリーシャは、紛《まご》うことなき美少女。

白皙《はくせき》の顔、海を閉じ込めたような、大きな青い瞳。太陽を思わせる艶やかな金髪。顔のパーツは完璧に整い、誰もがアリーシャの笑みに心を奪われた。

アリーシャは、胸元の赤い薔薇を両手で包み、ふうっと息を吹いた。

すると、薔薇の花びらが舞うと共に、アリーシャの精霊たちが現れる。三体もの上位精霊を一度に顕現させることは、かなりの魔力量を必要とする。

愛らしく美しい演出と共に、自らの力量をアピールしたアリーシャは流石と言えた。

華やかに登場したアリーシャは、一躍その場の主役となる。沢山の殿方たちがアリーシャを囲みダンスへと誘った。彼女は美しく微笑んでいるが、目はギラギラと輝き醜い欲望に満ちている。殿方を値踏みしているのだ。

(魔法学園はレッドフィールド領の芋くさい男たちとは違うわね！　こちらは子爵……。チョロそうだけど、やっぱり侯爵以上じゃなきゃ)

アリーシャの美しさに、一人の子爵令息が彼女へ口を開く。

「アリーシャ嬢、お噂はかねがね。なんと三体の上位精霊と契約を交わされたとか！　並大抵の使い手では動くのもままならないはず。我が学園に素晴らしい才女がいらっしゃったこと、大変喜ばしく思います」

「うふふ、ありがとうございます」

その時であった。

「ミスティア・レッドフィールド嬢のご入来！」

可憐《かれん》な才女、アリーシャ・レッドフィールド嬢の決闘の相手。誰もが興味を持ち、ミスティアの登場へ視線を向けた。アリーシャは、群衆に囲まれながらほくそ笑む。

(やってきたわね、お姉様。さて、どんなみすぼらしい姿で恥をさらすのかしら？)

金目の物を何も持たずに家を出たことをアリーシャは知っていた。いつものぼろきれを纏うミスティアを想像し、一目見てやろうと群衆の隙間にミスティアを捜す。だがアリーシャが目にしたのは、彼女の想像した通りのミスティアではなかった。

「…………!?」

アリーシャは息を呑む。シャンデリアの灯の下、月の粉を被ったような煌《きら》めく銀髪。長かった前髪は短く切り揃えられ、彼女の整った顔立ちをさらけ出している。気だるげな菫色の瞳は蠱惑《こわく》的に伏せられて。

ウォルターズ・テーラー渾身《こんしん》のドレスが、彼女の繊細な美しさを際立たせていた。儚《はかな》げなのは、ミスティアがすらりと細すぎるためである。

ミスティアが何もない空に手を差し伸べた。思わず、見惚《みと》れていた貴族令息がその手を取ろうとする。だが彼女の手を取ったのは彼ではなかった。

さらさらとした金の粒子と共に、スキアが現れる。手を差し伸べた令息はぽかんと口を開けた。そして、スキアは彼に向かって冷たく嗤《わら》う。馬鹿にされたというのに、スキアがあまりに美しかったため令息は顔を真っ赤に染め上げた。

黄色い悲鳴が上がる。

目の覚めるような青い外套《がいとう》が翻った。先ほどまではアリーシャの独擅場《どくせんじょう》だったというのに、あっという間に人々の興味はミスティアとスキアに移っていく。

「レッドフィールド家にあんな可憐な令嬢がいらしたなんて！　従えている精霊も麗しいわ」

「噂だと、宿なしのような変わった令嬢だと聞いたが……。噂は当てにならないな」

「あんな精霊、ご覧になったことあって？　なんて美しいの」

アリーシャの耳元で様々な囁きが飛び交う。どれも好意的な言葉ばかりだ。

（は!?　はあああああああっ!?　何なのあれは!?　何でミスティアの分際で私より目立っているのよ！　許せない……っ。あのドレスを仕立てられるお金は一体どこで手に入れたっていうの？　盗んだのよ、そうに違いないわ、なんて汚らわしい！）

アリーシャは鬼の形相で、ドレスをぎゅっと握りしめた。そして、何とかして彼女を貶《おとし》めようと考えをぐるぐる巡らせる。そうだ、いくら着飾ったって、彼女は魔法を使えない。

（せいぜい今を楽しみなさい。決闘で魔法が使えないことがばれたら、みな指をさして笑うわよ）

「アリーシャ、大丈夫か？」

凄《すさ》まじく険しい表情をしていたアリーシャに、心配したシャイターンが声をかける。アリーシャはハッとして表情を緩めた。その横にはシシャもいて彼女を見つめていた。その視線の冷たさにアリーシャはびくりと肩を震わせてしまう。だがその凍《い》てつく目つきは一瞬で、すぐに視線が逸らされ元のシシャに戻る。

(気のせいだったのかしら？)

気を取り直して、アリーシャはシャイターンを安心させるために微笑んだ。

「問題ありませんわ。少し驚いてしまって」

「ああ、俺も驚いた。あんな顔をしていたんだな、ミスティアは……」

シャイターンは複雑そうな表情を浮かべる。

「よくもまあ堂々としていられるものだ。新しい精霊を引き連れて。当てつけのつもりかな」

突然アリエルが不機嫌な声色で口を開いた。苦虫を噛み潰したような表情。それを聞いたシシャがため息を吐いた。

「そうやっかむな。もう過ぎたことだろう」

「やっかむだって!? 私は決して……そんなつもりじゃない。ただ」

ただ、身を引いてミスティアを助けたんだ。

という言葉を、アリエルは呑み込んだ。アリーシャが傍《そば》にいたからである。だが彼の中では相反する感情がせめぎ合う。裏切ることで身を引けばミスティアに振り向いてもらえると思った。もっと彼女が惨めになると期待していたのだ。

だが自分が奈落の底へ突き飛ばした彼女は、闇に呑まれ消えゆくどころか、どんどん美しく輝いていく。

「皆さま」

アリーシャが低く、呟《つぶや》いた。

「お姉様をお助けするためにも、決闘には必ず勝利いたしましょう」

「あ、ああ。そうだね」

アリエルが気まずそうに微笑む。ミスティアには、身の程を知ってもらわねばならない。


学園の舞踏会は、ミスティアが今まで経験したことのない華やかさであった。

王都で流行のドレスが目に眩《まぶ》しい。レッドフィールド領ではないがしろにされていた彼女だが、王都で彼女を変わり者だと囁く人は少ない様子だ。冷たい目線が少ないことに、ミスティアはホッとした。

最初の曲が終わり、ミスティアはスキアの手を離す。

周りの令嬢がギラギラした目で彼を見た。誰もが、運命の王子様に選ばれる姫になりたくて必死なのだ。

（綺麗な方ばかり……。もし、スキアがこの中の誰かを主にしたいと思ったとしたら）

ズキリと心が痛む。スキアとミスティアが向かい合って一礼すると、あっという間にスキアは令嬢に囲まれてしまった。彼も、ミスティアを輪の中に入れてもらおうとそれに応える。それをミスティアは無表情で見つめた。

「ミスティア嬢。どうか私と踊っていただけませんか？」

俯《うつむ》いた顔を上げれば、鳶《とび》色の髪の優しそうな令息。ミスティアは慣れない微笑を浮かべてその手を取った。次の曲が始まる。ぐっと彼との距離が縮まって、男性に慣れていないミスティアは緊張で身を硬くさせた。

「いやあ……何といいますか」

「はい？」

踊っている途中、彼が突然口を開いた。

「貴方はとてもお綺麗だ。実のところ、お近づきになりたくてお声がけしたのですが。ジリジリと見つめられては……。視線だけで殺されそうですよ。気づかれましたか？」

「一体何のことでしょうか」

「マイ・レディ。貴方の精霊殿ですよ。よほど慕われているのですね」

ふふ、と優雅に笑われる。周りを見渡すと、近い距離でスキアが踊っているのが見えた。一瞬目が合うがすぐに人の波に遮られる。

「まさか、気のせいですよ」

そんな話をしながら、曲が終わる。そして次の相手へ。人々の熱気と煌びやかな世界に酔いながら、ミスティアは先ほどの言葉ばかりをぐるぐると反芻《はんすう》した。体はここにあるのに、心はどこかシャンデリアの辺りに飛んで、彼《スキア》を捜し続けていた。

カンカンカン、とスプーンでグラスを叩く音。ざわめきが魔法をかけたように静まり返った。

「皆さん！　舞踏会は楽しんでいただけているかしら？　今日のメインイベントはご存じよね。レッドフィールド家の才女たちが特待生をかけて決闘！　とおーっても楽しそうでしょう。さあ！　舞台を整えるわよ！」

不思議と良く通る声。メアリー・シンプソン学園長その人である。彼女が手に持つ杖《つえ》を振ると、ホールの中心からカーテンを吊るすように、円形のドームが現れた。そしてまた一振り。次はドームに白くふわふわとしたものが降り始める。

――雪だ。

「まあ、まるでスノードームね。美しいわ」

雅《みやび》な決闘場にどこからともなく声がした。はらはらと舞うその雪たちは、床に触れる前に消えてなくなっていく。どうやら本物の雪ではなく、メアリーが作り出した幻の雪のようであった。

ミスティアは、学園長室に置かれていたスノードームを思い出す。少女二人が雪玉を投げ合っていた光景だ。

しかしこれからすることは、そんな生易しいお遊びではない。

かつてはそんな時もあった。だが、アリーシャと雪合戦していた無邪気な少女はもういない。

「決闘者は中へ」

ミスティアはごくりと喉を鳴らした。いつの間にかスキアが隣にいてホッと胸を撫でおろす。

真正面には、自信に満ちた笑みを浮かべるアリーシャと精霊たち。

ミスティアを、ことごとく裏切った者たち。

ミスティアは息を吸い、ゆっくりと吐いた。

決闘が始まるのだ。

「もちろんだけど相手を殺しちゃだめよ。膝をつけば負け。戦えなくなっても負け。……始め！」

物騒な発言である。メアリーが手を叩けば、シャイターンがミスティアたちの前に躍り出た。

相手は三体だが、騎士道精神なのか、一体一で挑むらしい。アリーシャが余裕の笑みでシャイターンに声をかける。

「シャイターン様。くれぐれもやりすぎないようになさってください。お姉様、覚悟はよろし

くて？」

「わかっている！　少し火傷《やけど》するぐらいだ……ファイア！」

ファイアは初級魔法。ボールほどの大きさの火が、スキアへ向かって飛んでいく。だが彼は、微動だにせずその攻撃を眺めた。

（バカが。魔法が使えないことはわかってるんだ！　これくらいで済んで感謝するといい）

シャイターンは棒立ちのスキアを鼻で嗤う。そして、自分の勝利を確信した。無防備な相手を不憫《ふびん》にさえ思う。だがその時。

「障壁《ウオール》」

スキアが呟いた。障壁《ウオール》とは、その名の通り攻撃を防ぐ光の中級魔法である。ファイアがスキアに着弾する寸前、彼の周りに透明な壁が現れ魔法を防御した。煙が上がるが、火が焼いたのはスキアではなかった。

「なっ……！　無傷、だと？」

シャイターンは目を見開く。彼の目論見《もくろみ》では、スキアが膝をついているはずだった。

「なぜ一体だけなんだ？　まとめてかかってくるといい」

それは相手を馬鹿にするようなものではなく、純粋に疑問に思っている声色。まるで、強者が弱者を見下ろすような。シャイターンはスキアをギラリと睨《にら》みつけた。

「チッ、俺たちが抜けたから多少は魔法が使えるようになったのか。だが、これはどうだ！」

シャイターンは舌打ちし、次々にファイアを放つ。すぐ着弾するが、やはり透明な壁に阻まれてスキアを傷つけることはできない。思いもよらないことにシャイターンはうろたえて、後ずさった。このような魔法を見たことがなかったのだ。

「まあいいか。俺の望みは、ミスティアの確かな実力を披露することだから」

スキアがそこで初めて剣を抜く。アリーシャ一行は身構えた。――そんな、まさか。ミスティアはできそこないのはずなのに、どうして。

「もう終わりなら、俺からゆくぞ」

二本指で剣身をなぞると、刃《やいば》に炎が付与《エンチャント》されていく。火の中級魔法である。スキアの瞳に炎が反射し、幽玄に揺らめいた。見物していた生徒たちがざわつく。一体の精霊が、光と火の二種類の魔法を使ったためだ。それは通常ありえないことだった。

スキアが床を蹴り敵《シャイターン》へ間合いを詰めた。アーマーを纏っているというのに、一陣の風が吹くように彼は素早い。シャイターンはひゅっと喉を鳴らした。

（速……！　こいつ、魔法だけじゃない）

ドッ、という鈍い音と衝撃がシャイターンを襲った。数メートル吹き飛ばされた彼は尻餅をつき床に仰向《あおむ》けで倒れ込む。体中が痺《しび》れて、指一本動かすことができない。

「カ、ハッ……」

かろうじて息をして、近寄ってくるすね当ての鎧《グリーブ》をぼんやりと眺める。

（くそ、死んだかと思った。確かに斬られたと思ったが、この剣はなまくらか？）

地に伏せるシャイターンを見下ろしながら、スキアが剣を振る。すると付与《エンチャント》されていた炎が消えた。シャイターンはそれを見て、ハッと目を見開く。

（こいつ！）

「良かった。斬りさばいてはいけないらしいからな」

（刃が届かないようわざと炎を付与《エンチャント》したのかよ！　馬鹿にしやがって……！）

炎の精霊を炎で守りつつ、シャイターン以上の魔法で制したスキアに、周囲は大きな歓声を上げた。それと同時に、さらさらとシャイターンが消えていく。気を失い魔力供給が断たれたのだ。

「さて――」

何が起きたのか理解できないアリーシャは後ずさった。ぞっとするくらい美しい精霊が、彼女を見つめている。そこには一切の親愛や温かみが感じられない。むしろ、まるで虫けらを見るような視線。

「次は、まとめて来たらどうだ？」

「っ、シャイターン様が戻った今、その分の魔力が使えます！　アリエル様、シシャ様。ありったけの魔法で彼を倒してください！」

騎士道精神を捨ててアリーシャが叫んだ。なりふり構ってはいられない。役立《ミスティア》たずに膝をつかされるなんてあってはならないのだ。いつものたおやかな演技を忘れ、アリーシャは髪をかき乱す。

（何なのよっ！　一体どういうことよ!?　ミスティアは魔法が使えなかったはず。もしかしてこの精霊が特別なの？）

「わかった、必ず君に勝利をもたらそう」

アリエルがアリーシャへ安心させるように笑った。シシャもまた無言で前に歩み出る。

「皆さま、信じております」

まるで魔王に立ち向かう勇者一行。ただし、彼らは最初の村を出発したばかりの未熟な勇者たちだ。陳腐な寸劇を観《み》た後のようにスキアはクスリと鼻を鳴らした。スキアの、金色の睫毛《まつげ》が伏せられる。

「ミスティアという至高の主を得た俺が、お前らなどに負けるはずがない」

スキアの口から発せられた『ミスティア』という名前に、アリエルが眉をひそめた。黒い嫉妬心がぐつぐつと煮えたぎる。

「軽々しく彼女の名を呼ぶなっ！　ウォーター！」

「ウィンド」

どちらも水と風の初級魔法。ありったけの魔法とはいったが、アリーシャは初級魔法しか読むことができない。ゆえにアリエルとシシャは、大量の魔力を使い複数の魔法をスキアに向けて放った。それが、今の彼らにできる最大限の攻撃なのだ。シャイターンが簡単に倒されるのを見て、力を出し惜しみするほど愚かではない。

「少し驚いたよ。精霊なのに剣術に優れているなんてね。だが、これだけの連携魔法を受けて立っていられるかな？」

着弾と同時に凄まじい水蒸気が立ち込め、スノードームが霧状に濁る。アリエルはほくそ笑んだ。ミスティアには少し気の毒だったかな、と独り言ちる。スキアを倒し、ミスティアの力不足を露呈させ、二人の間に亀裂が入れば――。甘い妄想に、彼の心が躍った。

「残念だ」

静かな声が響いた。

アリエルはハッと目を見開く。まさか。アリーシャの魔力をほとんど吸い尽くすほど、魔法を浴びせたはずだ。魔法が最近まで使えなかった、未熟なミスティアに防げるはずがない。

「裏切者とはいえ、ミスティアの元契約精霊がこんなに弱いとは。ああ、主が弱いせいか」

一陣の風が吹き、スノードームに立ち込めていた霧が晴れていく。そこには無傷で立つスキアがいた。これには、無表情を貫いていたシシャも動揺した様子を見せた。

「水牢《ウオーター・サークル》」

スキアが再び魔法を唱える。するとアリエルの足元からどこからともなく水が現れ、球状に彼を覆った。まるで水の牢《ろう》に閉じ込められたように身動きが取れない。

(息はできるが、魔法も使えない！　くそ……！　水魔法で私がやられるなんて)

アリエルは水の精霊。ゆえに水の中で呼吸ができるため死ぬことはない。だが、いくら暴れてもスキアの魔法から逃れることは叶《かな》わなかった。戦線離脱である。

「風付与《ウインド・エンチヤント》」

スキアは剣に指をかざし、刀身をなぞった。激しい嵐を凝縮したような風が、刀身を囲んで速さを増していく。生身の人間があの剣を受けたらと思えば背筋が凍るが、果たして風の精霊であれば。

「さて、試したことはないが……。この魔法を受けた風精霊《シルフ》は、無事でいられるかな？」

暗黒微笑。

(ひええっ……！)

後ろでただスキアの背を眺めているだけのミスティアは内心悲鳴を上げた。さっきから、自分の精霊がやっていることが割とえげつない。それぞれ火、水、風の上位精霊である彼らの矜持《きょうじ》を、ズタズタに引き裂いている。自らの属性でない魔法を易々《やすやす》と使いこなすスキアは、周囲の注目を大きく集めた。

ミスティアは心で汗を流しながら戦いの様子を見守る。するとシシャが前に出て、両手を上げた。

「……る」

彼が、小さく何かを呟く。スキアは眉を上げた。風音を避けるため剣を下ろす。

「何か言ったか？　聞こえないぞ」

「降参、する」

しん、と辺りが静まり返った。シシャが降参する、ということは。スノードームを観戦していたメアリーが、にっと口の端を吊り上げた。

「アリーシャ・レッドフィールド嬢、貴方の精霊がこう言っているけれど、よろしい？」

呆然としたアリーシャが声をかけられて膝をつく。そして、俯きながらぶつぶつと何かを呟き出した。

「降参、だなんて、ありえない。この私が……」

アリーシャはシシャの背をギッと睨みつけた。拳をぎゅっと握り唇を震わせる。

「……シシャ様！　なにゆえ降参だなどと！　私に恥をかかせるおつもりですかっ？」

「力の差は歴然だ。それにもしあの風魔法を受ければ、貴方もただではすまないぞ」

「そんなっ！　なら魔法で私をお守りくだされればよいではないですか！」

「あれは中級魔法だ。貴方の実力では守護魔法は使えない」

「私に全部押し付けるおつもり？　上位精霊なら、それくらい使えないの!?」

はっきりと『実力不足』だと告げたシシャに、敬語も忘れてアリーシャが苛立《いらだ》ちを見せる。

揉《も》め出した両者に、観戦者らが騒《ざわ》めき始めた。メアリーはその様子に肩をすくめる。

それはスキアも同様で、行き場を失《な》くした風魔法をスノードームの天井へと放った。激しい風が結界に打ち付けられ、霧散していく。すると、キラキラと光が舞いだした。

「ああ確かに、強く振った後は煌めきますものね」

誰ともつかない声。子供の悪戯《いたずら》のような微笑ましい演出に、混乱していた生徒たちが気を抜かれて静まっていく。見事に場を鎮めたスキアに、ミスティアは内心感心した。

(なにもかもが上手というか、人心を得ているというか。スキアには敵《かな》わないわ)

「アリーシャ嬢。貴方の精霊に戦う意思がないなら仕方ないわ。それとも、あなたが剣を取って戦う？」

「……」

「沈黙は戦意喪失と受け取るわ。この勝負、ミスティア・レッドフィールド嬢の勝利とします！」

わっと声が上がる。

それは、まぎれもなく勝者を歓迎するもの。ミスティアは目を瞬かせた。今まで耳が腐るような悪口や、罵倒しか聞いてこなかった。こんなに大勢に、ミスティアの勝利を喜ばれたことはない。ゆっくりとスキアが振り向く。そして剣を納め、ミスティアの正面に跪《ひざまず》いた。

「あなたの勝利だ」

悲しくないのに、その声を聞いた瞬間ミスティアの目から熱い涙がこぼれた。胸がいっぱいになり、すぐに声が出ない。聖騎士が姫に跪くかのような光景を見て、令嬢たちが羨望の眼差しを向ける。ミスティアはいくらか冷静さを取り戻し、目元を乱暴にぐっとぬぐった。

「すべてスキアのおかげです」

ミスティアが細く白い手を差し伸べる。その指先を見て、スキアは顔を上げた。目の前には柔らかく微笑むミスティア。その清らかな笑顔に誘われて、差し伸べられた手を取る。

その日、アステリア王立魔法学園に新たな特待生が誕生した。

第三章　精霊使いだって戦えます

ミスティアが華々しい勝利を収めた決闘の後、学園でのミスティアの評価は二分された。

純粋に実力を評価する者。そしてもう一つは、アリーシャが流した噂《うわさ》を信じミスティアを軽蔑する者たちである。

その噂とは。

「ミスティア嬢の噂を聞きまして？　あの美しい光精霊と契約するために、元より契約していた精霊様を捨てたらしいですわ」

「まあなんてひどいお方！　とてもお綺麗《きれい》な方でしたが、中身は残念ですのね。それで契約していた精霊様はどうなりましたの？」

「それが、アリーシャ嬢が哀れに思いお救いしたとか。突然に三体も引き受けるなんて、だから十分に戦えなかったのですよ」

「なんてお優しいの。自らを犠牲にしてまで……。健気《けなげ》ですわね」

「私もそう思います」

といったものである。

ちなみにアリーシャはむざむざ負けたにもかかわらず、ケロッとした顔で魔法学園に編入している。もちろん、特待生ではなく通常の生徒としてではあるが。

ミスティアはため息を吐《つ》いた。彼女がいるのは学園の中庭である。沢山の木々が生い茂ったそこは、身を隠すのにもちょうどいい。復学までの一週間、天気もいいので昼食を外でとろうと出てみれば、このざまであった。

それにしても、流れている噂はミスティアの状況とは全く逆だ。そして信じているのはほとんど女子生徒ばかり。噂の説得力を増しているのは、ミスティアが契約しているこの美しい精霊にあった。一目見れば心を蕩《とろ》けさせる美貌は、羨望や嫉妬心を生む。

誰もが彼に傅《かしず》かれたいと願ってしまうのは必定。つまるところミスティアは、この学園の女子生徒から嫉妬されているのである。そのさなかで彼女に関する悪い噂があれば、飛びついてしまうのが人情というものだろう。

「場所を変えるか」

「いえ、動いたらばれますし。あ、こちらを召し上がりますか？　厨房《ちゅうぼう》をお借りしてサンドイッチを作りました」

「ああ、いただこう」

芝生に敷いていた赤いチェックの布にスキアが腰かける。その様がなんだか不釣り合いで、ミスティアはくすりと笑ってしまった。

「よく、笑うようになった」

「……そうかもしれません」

貴方《あなた》のおかげで。という言葉を呑《の》み込む。和やかな空気が流れるが、またも先ほどの女子生徒たちの声。

「それで、ミスティア嬢は捨てるだけにも飽き足らず、精霊様を虐待していたらしいのです！　私、彼女が特待生だなんて納得できませんわ」

「学園長は一体なにをお考えなのかしら？」

ミスティアがピクリと肩を震わす。虐待なんてしたことは一切ない。どちらかというとされていたのは、彼女の方である。心に暗雲が立ち込めつつあったその時、突然頭上から声がした。

「ちょっと貴方たち！　おしゃべりが過ぎるのでなくて？　ミスティア嬢はメアリーが正式に決定した特待生よ。全生徒が憧れるべき特待生に、精霊を虐待するような屑《くず》を据えるはずないでしょう？　それともなあに、何か不満があるなら私がメアリーに言づけるけど」

「べ、ベル様」

女子生徒たちがベルとミスティアたちに気づき、顔を青ざめさせた。

「い、いいえ。学園長がお決めになったことに、不満は、その」

「貴方たしか、フェルカート家のレベッカ嬢よね。そのお隣は――」

「し、失礼します！」

ミスティアの悪い噂を囁《ささや》いていた女子生徒たちが、ベルに一礼したあとその場を急いで去っていく。フン、とベルが言うと、彼女の長いしっぽがゆらりと揺れた。

ミスティアは頭上を見た。そこには、木の枝に寝そべっているベルの姿。

「ベル様」

「ご機嫌よう、お嬢さん。我が主を助けていただいて感謝する」

スキアが恭しく一礼した。それを見てベルは照れたように顔を背ける。

「勘違いしないでよねっ！　貴方を助けたわけじゃないわ。メアリーを悪く言われるのが耐えられなかっただけ！」

お手本のようなツンデレ具合である。すると頭上の木の枝にいたベルが、ミスティアの目の前にストンと下りた。

「……ところで、復学までもう日がないのではなくって？　前にも伝えたけれど、侍女《レディーズ・メイド》を雇う目処《めど》は立ったのかしら」

「もちろん忘れてはおりません。ただ、どうしても雇いたい方がいるのですが……どこにおられるのかわからなくて」

ミスティアは、パチパチと燃える火の音を思い出す。かつてアリーシャが、母の形見であるペンダントを暖炉に放り投げたことがあった。とっさに暖炉に手を入れてペンダントを拾い上げてくれた侍女のことが忘れられない。彼女は今、どこで何をしているのだろうか。

当時は彼女を助けることができなかった。だが今なら。

「アイリーン・ベンバートン嬢という方です」

「ベンバートン？　あら、大変」

ベルの瞳孔がキュウと細まり、ヒゲが興奮によって前に広がっていく。ミスティアはただならぬ雰囲気を感じ取り、考え込むベルへたまらず口を開いた。

「ベンバートン家に何かあったのですか？」

「風の噂だけれど、事業に失敗して没落寸前だと聞いたわ。お嬢さんがいたのね。であれば急いだ方がいいわ。没落した家の令嬢の行く末なんて、どれも悲惨だもの」

「そんな……！　ベル様、アイリーン嬢が今どこにいらっしゃるかご存じではないでしょうか!?」

「……知らないわ。調べられるとは思うけど時間がかかるでしょうね。その間にアイリーン嬢がどうなるかは運命に任せるしかない。それでも良くって？」

運命に任せる、という言葉にミスティアは体中が冷えていくのを感じた。

もしここで二の足を踏んでしまえば、アイリーンに二度と会えないのではないか。そんな悪い予感がして心を決める。思い浮かんだのは厚かましい願いだが、手段を選んではいられない。ミスティアは恐る恐る口を開いた。

「失礼ですが、ベル様は闇の精霊でしょうか？」

「ええ、そうよ。確かに闇の精霊なら失せ人《うせびと》を捜し出せる魔法はあるかもね。でも残念なことにメアリーはその魔法を使えないの」

「いいえ、メアリー様に頼るつもりはございません。ベル様、どうか私に貴方様の精霊の書を読ませていただけないでしょうか？　もちろん精霊の書は大切なものです。簡単に他人へ触れさせたくないとは思いますが、それでも……どうか、どうかお願いします」

ミスティアは深く深く頭を下げる。その横で、スキアが何かを考えるように腕を組んだ。

「なんですって？」

ベルの声がひりつく。すかさずスキアが助け船を出した。

「なるほど。確かにミスティアなら、闇魔法が使えるかもしれない。……裏技だな」

「一体何の話をしているの？　私の精霊の書を貴方に見せたって意味ないじゃない、契約していないのだから」

この緊急時になにをふざけたことを言っているんだか、とベルが苛立《いらだ》った声を出す。だが、ミスティアとスキアは神妙な面持ちで彼女をただ見つめ返した。どうやらふざけているわけではないらしい。

「まさか、貴方」

「そのまさかだ。ミスティアは精霊の書が読める」

ベルは絶句した。長い時を生きてきたが、ただの人間が、それも年ゆかない幼い娘が精霊語を読めるだなんて聞いたことがない。だが彼女は、ミスティアの連れているこの見目麗しい精霊がただの精霊ではないとわかっていた。それにしても信じがたい話。

かつ、ベルはメアリーを愛していた。彼女の許可なしに精霊の書を渡すのは、普段の彼女であれば絶対にしない行為だ。しかしこの時ベルは思った。

『こんな小娘に読めるわけがない。でも、もし読めたら？』と。

強い好奇心が彼女をくすぐる。元来ベルは知りたがりな性質だ。奇《く》しくもその驕《おご》りが、ベルの心の紐《ひも》を解《ほど》いた。

「あらそうなの？　じゃあ読んでみせなさい。できるならね」

そう言って、ベルは暗黒の霧を呼び出しそこから書を取り出した。書に結ばれていた紫のリボンがひとりでに解けて、ミスティアの手もとに収まる。

「感謝いたします、ベル様」

ミスティアは申し訳なさで心が苦しくなった。震える手で表紙を開く。

（もし読めなかったらどうしよう）

そんな不安が彼女を襲う。だが今までの努力が、ありとあらゆる研鑽《けんさん》が、ミスティアの指を動かした。

最初の行、一番簡単な闇魔法をなぞる。

「黒い霧《ダーク・フォグ》」

ミスティアが呟《つぶや》き、スキアも呪文を唱え手をかざす。すると空中に黒い靄《もや》が現れた。彼女の顔ほどの大きさで、ふよふよとその場を漂いだす。ミスティアはホッと息を吐いた。どうやらきちんと読めて、魔法も使えるようだ。

「な……！」

ベルは金色の瞳を丸くさせた。

黒い霧《ダーク・フォグ》は、闇の初級魔法である。戦っている相手の視界を奪う、単純ながら使い勝手のいい魔法だ。

これは紛れもない闇魔法。ベルは魔法を使ってはいない。つまり目の前にいるミスティアが書を読んだことになる。本来なら契約者以外が書を見ても、何も読めないはずだ。しかし精霊語を理解していれば話は別である。

「まさかこんなことがあるなんて。驚いた。なるほど、類稀《たぐいまれ》なる才能。でも才能だけじゃこの境地までたどり着けないでしょう。たゆまぬ努力。それも……気が遠くなるほどの」

ベルは今までただの小娘だと、ミスティアのことを軽んじていた。彼女の生きた年数からすれば当然ともいえる。しかし彼女は自然と、目を丸くするミスティアへと頭《こうべ》を垂れた。それは、心からの尊敬。

「今までの態度をお詫《わ》びします」

ミスティアはひゅっと息を吞《の》んだ。

「ベル様！　顔をお上げください！　貴方様のような気高い精霊が私に頭を下げる必要はございません。敬語も必要ありませんわ。それより、貴重な書を見せていただきありがとうございます。……このまま読み進めてもよろしいでしょうか？」

「……ええ、構わないわ。メアリーだって人助けのためなら許してくれるでしょうし。それにしても、これだけの知識を持ちながら謙虚なのね。入れ込むのもわかるわ。私もメアリーのそういうところに惚《ほ》れ込んだもの」

「わかっていただけるか」

ベルとスキアが視線を交わし頷《うなず》きあう。生ぬるい空気が流れるが、ミスティアはベルの許可を得るや否や、本の世界に没入していた。

（早く、早く見つけなきゃ！）

忙《せわ》しなく目を動かし、ミスティアの指が凄《すさ》まじいスピードで頁《ページ》をめくる。終章まで読み進めるがなかなか目当ての呪文が見つからない。ミスティアは焦るが、ある呪文が目に入る。

（あった！　最上級魔法の頁……。痕跡もなしに思い描くだけで失せ人を捜せるの？　かなり便利で高度な魔法だわ）

「見つけました」

ミスティアは焦った表情でスキアを仰ぎ見た。頼れる相棒《パートナー》は、視線だけで彼女の願いを読み取ってくれる。

「いつでも使える」

「お願いします。ベル様、書をお返しいたします。本当にありがとうございました」

「結構よ。でも次見せてって言うなら貸してあげないかもね。もう少しゆっくり見て、他の魔法を覚えても構わないわよ？　そのくらいの時間はあるでしょう。これから役に立つ魔法もあるかもしれないわ」

精霊の書はおいそれと契約者以外に触れさせるのははばかられるものだ。この機会にと、ベルは良かれと思ってミスティアにそう提案したが、彼女はきょとんとした顔でこう答えた。

「ええと、もう全部、覚え……ました」

なんともばつが悪そうな様子。ベルの目が点になる。

「……はあっ!?　いや……もういいわ。貴方が規格外すぎてもう色々と考えるのは止《や》める。目的が済んだのなら、アイリーン嬢を助けてあげなさい」

ベルは盛大にため息を吐きつつ、ミスティアから書を受け取った。ミスティアは微笑《ほほえ》んでベルに一礼する。

「はい。ではスキア、お願いします」

「承った、我が主」

「こう唱えてください――」

アイリーン・ベンバートンは絶望していた。元々裕福な家ではなかったが、まさか破産してしまうなんて。

「――というわけで、お前にはドーン商会の次男に嫁いでもらう。我が家が助かるにはこれしかないのだ。わかってくれ」

彼女の父が言っている『助かる』とは、妻と幼い長男を含めた三人のことである。彼らが借金取りから逃げおおせるには、アイリーンを売るでもして資金繰りするしかなかった。すべてを差し押さえられて、もう売れるものは何一つないのだから。

長男さえ居れば、別の地でベンバートン家を再興できると考えているのであろう。ゆえにトカゲの尻尾を切るように、両親はアイリーンを見捨てた。奴隷落ちして泥水をすする生活を送りたくなかったのである。

「先方は私の火傷痕《やけどあと》をご存じなのですか？　だとしたらなぜ……厄介者の私を拾い上げるのでしょうか。そんな甘い話、にわかには信じられません」

アイリーンは自らの手元を見た。指先から手首にかけて、その皮膚は醜くただれている。誰が見ても思わず眉をひそめてしまうだろう。

だがアイリーンはこの火傷痕を憎んではいない。むしろ勲章とさえ思っていた。

敬愛する小さなレディのお役に立てたのだから。火傷痕を見ると、かつての美しい記憶を思い出す。

「もちろん伝えた！　それでもお前がいいと言ってくださったんだ、その優しさを蔑《ないがし》ろにするというのか!?　恩知らずな……」

語気を荒らげたアイリーンの父が、小さく『恩知らずな』と尻すぼみに吐き捨てる。この上ない良い話をつっぱねる、親にとっても恩知らずな娘に映っているのだろう。だが娘を嫁がせることで、金を得る罪悪感もあった。声色からそれが手に取るように伝わってくる。

頭が悪い。まるで飛んで火に入る夏の虫だ。ドーン商会は名の通った名家。没落寸前の娘に縁談を持ち掛けるはずがない。

アイリーンは吐き気がした。これは詐欺に違いない。けれど。

「わかり、ました。お話をお受けします」

そう返事をしたのが昨日。満面の笑みを浮かべた父の表情を思い出す。縁談の話し合いがあるからと、一人さびれた宿の個室に呼び出されたかと思えば。突然後ろから羽交い締めにされて、そこからの記憶がない。

（これ、猿轡《さるぐつわ》？　よだれが気持ち悪い。頭がガンガンする……。何か薬を盛られたのかも）

ゴトゴト、と揺れる音と振動。麻袋を被《かぶ》せられてはいるが、馬車で移動しているのがわかる。後ろ手と両足が粗悪な縄で縛られていて、ジクジクと痛い。何も見えないが、たまに女性の呻《うめ》き声《ごえ》が聞こえてくる。それも複数人。麻袋から腐った芋の匂いがして、アイリーンは吐きそうになった。

（人さらい、ね。なるほど……。ドーン商会の名を騙《かた》って、美味《おい》しい話を持ちかけたってわけ。追い詰められた者なら飛びつく話だわ）

アイリーンを含むベンバートン家は、まんまと奴隷商人の詐欺師に騙《だま》されてしまったのであった。

(馬鹿みたい。あーあ、これで人生終わりか。お父様たちもお金、貰《もら》えなかっただろうし。ベンバートン家は本当に終わりね。……そうよね、私みたいに醜い火傷痕がある娘なんか、誰も娶《めと》ってくれないわよね。助けてくれる人の当てもない。――これから、どうなるんだろう。死ぬより、もっと辛《つら》いことがあるのかな。だとしたら、嫌。まだ、まだ……。やりたいことが、沢山あったわ)

アイリーンは惨めに涙を流した。止めたいのに止められなくて、やがてそれはすすり泣きに変わった。その声を聞いて、周囲の女性たちもおいおいと泣き始める。誰もが自分の不幸を呪った。

(汚されて、ただ地獄を生きていくしかないのなら、いっそ)

アイリーンを含む誰しもがそう考えた瞬間、突然馬車が大きく揺れた。

「……!!」

声を出せず衝撃に目を瞑《つぶ》る。しばらくすると、しゃがれた男の声が聞こえた。

「な、なんだお前らは!? 大事な荷を運んでいる途中だぞ! そこをどけ!」

「その大事な荷に用があります。荷台を見せてくださる?」

「なぜ見せなきゃならない、許可があるのか!?」

「二度は言わない。我が主が荷をご所望だ。さっさと開けろ」

外で何やら揉《も》めている様子だ。二人の男の声と、年若い少女の声。アイリーンはその少女の声に聞き覚えがあった。だがありえないと彼女は首を振る。そんな夢みたいな話があるわけがない。

しかしこれは好機だ。誰かが荷を改めようとしてくれている。アイリーンは必死に、うぞうぞと芋虫のように動き、縛られた両足を壁側に向けた。そしてその壁を思いっきり両足で蹴った。ドン、ドンという音が響き始める。周囲の女性もそれにならい、音を立て始めた。

「随分騒がしい荷ね？　……説得は無駄なようだから、勝手に改めさせてもらうわ」

「チッ！　おいこの女《アマ》——ぐああっ！」

短い悲鳴。辺りはしんと静まり返る。一体何があったのだろうと、馬車に乗っていた女性たちは不安を抱く。すると麻袋のわずかな隙間から、強い陽《ひ》の光が差し込んだ。

(温かい)

アイリーンは、その光を求めて必死に手を伸ばした。

「これは……！」

「当たり、だな」

ミスティアは目を見開く。魔法を発動させ痕跡をたどると、ある荷馬車へ行き着いた。そこには黒いフードを被った男が一人。口論しているうちに剣を抜かれたので、スキアがすみやかに男を昏倒《こんとう》させた。荷馬車を改めると十人ほどの女性たちが、顔を隠され縛られていた。

女性たちは人さらいに遭い、運ばれている途中だったのだ。間に合ってよかったとミスティアは胸を撫《な》でおろす。

「いま自由にして差し上げます。スキア、短剣を」

「承った」

スキアは腕に仕込んでいた短剣を取り出し、ミスティアへ差し出した。そしてもう片方の腕から同じ短剣を取り出し、縛られている女性たちの縄を切っていく。

どの女性も可哀想《かわいそう》なくらい震えて、顔面蒼白《がんめんそうはく》の状態であった。ミスティアは眉をひそめる。見つけられてよかったが、あと一日でも遅ければ、と背筋が冷えた。ミスティアはできるだけ優しい声で彼女らに声をかける。

「もう大丈夫です。レッドフィールド家が責任を持って皆さんを保護いたします」

「ああ、ああ……！　感謝いたします、お嬢様！」

おいおいと一人の女性がミスティアに泣き縋《すが》った。ミスティアは驚きつつも、見知らぬ彼女の肩をそっと抱く。

「怖かった、ですね」

ミスティアは、彼女を安心させるために微笑むことができなかった。だが、目を伏せたその姿はまるで慈悲深い女神のようで。その場にいた女性たちは息を呑んだ。もしかしたらこの方は、神が遣わした天使なのでは。そう誰もが目を潤ませる。

「レッドフィールド家？　もしや貴方様は、ミスティア・レッドフィールド嬢であらせられますか？」

聞き覚えのある声がして、ミスティアは顔を上げた。――そこには。

（アイリーン！）

亜麻色の波打つ髪に濃い緑の瞳。愛嬌《あいきょう》のあるそばかすが可愛《かわい》らしい。ミスティアより少し年上のアイリーンは記憶よりずっと痩せていて、彼女の苦労を思わせた。ミスティアの心にかつての幸福がよみがえる。誰よりも彼女を愛してくれた両親、そして侍女《レディーズ・メイド》であるアイリーン。母の形見を、必死に守ってくれた彼女。ミスティアは立ち上がり、アイリーンに抱き着いた。

「アイリーン、アイリーン！　良かった……！」

「お嬢様？　本当に、貴方様ですか？　ああ神様」

抱き締め合う二人。その様子をスキアはそっと見守った。

「冷徹女なんて……一番似合わない言葉だ」

そう呟いて。

やがて、ひとしきり泣いたミスティアは落ち着きを取り戻した。泣いてばかりいる場合ではない。早く女性たちを安全な場所へ連れていかねばならないのだ。近くに、まだ男の仲間が潜んでいる可能性もある。

「失礼いたしました。皆さん、瞬間移動《テレポーテーション》いたしますので魔法陣の中へ移動してください」

「て、瞬間移動《テレポーテーション》？　なんの魔法ですか？」

「ここから王都まで、皆さんを一瞬で連れていける魔法です」

「えっ？　そんな魔法聞いたこともありませんわ……」

女性たちが顔を見合わせる。困惑した様子だが、それもそうである。瞬間移動《テレポーテーション》などという魔法は『そんな魔法があったら凄《すご》く便利なのにな……！』という夢のような魔法なのだ。つまり存在しないとされている。

だがミスティアはその便利な魔法を見つけてしまった。彼女たちのすり傷を治すため、範囲回復魔法を探そうと書を開いた時、見覚えのない呪文が目に入ったのだ。

(こんな魔法、光魔法の章になかったけれど……。変わったことと言えば、闇魔法を習得したこと？　もしかして、魔法って違う属性同士で組み合わせられるの？)

という具合である。またも強くなってしまったな、とスキアが肩をすくめた。

「どうか私を信じていただけないでしょうか」

胸に手を当ててミスティアは女性たちに乞い願った。それを見てアイリーンが微笑む。

「もちろんですわ、お嬢様を信じます。そもそも貴方様に助けていただいた命ですから」

それに続き、他の女性たちも声を上げ始める。

「そ、そうですわ！　私も精霊使い様を信じます」

「私も！」

「皆さま……ありがとうございます」

そして、瞬間移動《テレポーテーション》は無事成功。ミスティアとスキアは、女性たちをそれぞれの家へと送り届け、男を警備隊へ引き渡した。事情があり家へと帰れない者は、メアリーに相談し、ひとまず学園で保護する運びとなった。後々、身の置き所をメアリーとミスティアで相談する予定だ。

人の口に戸は立てられぬもので、ミスティアの武勇伝はあっという間に学園へ広まった。

そしてその時はやってくる。


アイリーンはあまりの誇らしさに、胸を高鳴らせた。

大広間の扉前、流行《はや》りのオートクチュールで仕立てられたメイド服を纏《まと》い、アイリーンはミスティアとスキアの後へ続いていた。

今日は祝うべきミスティア・レッドフィールド嬢の復学の日。ミスティアは緊張で手に汗を滲《にじ》ませる。全生徒が集まる朝の会で、新たな特待生としてミスティアが紹介される予定なのだ。気の重さのせいか足がだるく感じられる。だが行かなければならない。

「では、いってきます。アイリーン」

「……！　はい、いってらっしゃいませ」

返事を受け取ったミスティアが正面へ向き直る。銀糸のごとき髪がさらさらと揺れた。

アイリーンは頬を紅潮させて主へと微笑む。どん底から引き揚げてくれた、敬愛する主へ。

(私はきっと、ミスティア様へ一生お仕えしよう。ああこんな幸せなことってあるのかしら……。銀妖精みたいに綺麗なお姫様と、絶世の聖騎士様にお仕えできるなんて)

アイリーンの温かい視線を受けながら、ミスティアは歩き始めた。背筋を伸ばしまっすぐに前を向いて。

「おめでとう、ミスティア」

横に並ぶスキアの祝福に、ミスティアは面映《おもは》ゆい心地になった。

「ありがとうございます」

考えるより先に顔が綻ぶ。以前は笑わなければと意気込んでいたが――笑顔とは作るものではなく、こぼれるものだったのだ。彼に手を引かれて、灰色だった世界が鮮やかに色づいていく。いろんな感情を知っていく。その速さに恐れつつも、ミスティアはあえて手を広げ歓迎することにした。そうすればきっと、彼にふさわしい主へ近づける気がしたから。

「ミ、ミスティア様。先日は失礼な態度を取ってしまい申し訳ございませんでした！　助けていただいた者に、私の親縁がおりまして……。変な噂をうのみにしてしまい、恥じ入っております。どうかお許しを……！」

ミスティアの目の前にいるのは、かつて中庭で彼女の悪口を言っていたレベッカ嬢である。謝っているというのに、スキアが虫けらを見るような目でレベッカを見下ろすので、ミスティアは内心汗をかいた。レベッカといえば、スキアの圧に顔を青ざめさせ今にも卒倒しそうな勢いである。あまりにも可哀想で、ミスティアは彼女を安心させるために優しく声をかけた。

「いいえ、気にしていませんわ。貴方様に近しい方をお助けできて良かったです」

ミスティアがそっと微笑むとレベッカは頬を真っ赤に染めた。返事もなく思っていた反応と違い、ミスティアは首を傾《かし》げる。なにか間違っていただろうか。

（うん？　ちゃんと笑えた気がしたのだけど）

レベッカが固まっていた理由は、ミスティアの微笑に見惚《みと》れたからである。しばらくした後、ミスティアが戸惑っている雰囲気を察すると、レベッカはやっと口を開いた。

「ハッ……！　ええと、本当にお優しいのですね！　ありがとうございます」

レベッカの明るい微笑に二人の中のわだかまりもやがて溶けていった。その後二、三言世間話をしたのち、レベッカは丁寧なカーテシーを披露しその場を去っていった。

（レベッカ嬢に信じてもらえて良かった。アイリーンたちを助けてから、学園での厳しい視線が減った気がするわ）

ここは学園の図書館。復学後、ミスティアは授業以外のほとんどの時間をここで過ごしていた。

（前よりかは睨《にら》まれることは減ったけれど、注目されていることには変わらないのよね……。本当はどんな奴《やつ》なんだっていう興味の視線というか。目立たないように過ごしたいのだけれど）

「ミスティアは優しいな」

「優しいというか……本当に気にしていませんので」

「俺は気になる。あなたを悪く言う者すべての口を縫い付けたいとさえ思うぞ」

「うふふ」

スキアが物騒な冗談を言っている、とミスティアは笑った。しかし例のごとくスキアは至って本気の発言である。

とにかくミスティアが笑ってくれたことに気を良くして、スキアはうっとりと主へ微笑んだ。見慣れていいはずのスキアの美貌ではあるが、その破壊的な綺麗さにミスティアは固まった。

(相変わらず、私の精霊が美しすぎる)

その笑みを見て、遠巻きに彼女たちをチラチラ見ていた令嬢たちが、きゃあと声を上げた。姫と聖騎士よ！　という声が耳に刺さる。

(ひ、姫と聖騎士ぃ……？　なんか図書館もいづらくなってきたわ……。とにかく、本来の目的を達成しないと)

ミスティアは恥ずかしくてうずくまりたくなるのを堪《こら》えた。

「スキア。書を見せていただけますか」

「ああ、もちろん構わないが。どうした」

「少し確認したい呪文があるのです。傷痕を完璧に消せる魔法を探していて」

「完璧に、か。……さあ」

金の粒子と共に光の書が現れる。そう、完璧にでないとだめだ。

ミスティアの脳裏に、アイリーンのただれた火傷痕がよみがえる。ミスティアのためにつけられた傷痕だ。あれのせいで、アイリーンはきっとしなくてもいい苦労をしてきたに違いない。せめてもの償いに痕を消してあげたいと考えたのだ。

(修復魔法《リカバリー》……あった！　魔力さえあれば切断された腕も元に戻せるのね。凄いけれど、時間が経《た》ったアイリーンの傷痕にも有効かしら？)

「まだ次の授業まで時間があるし、アイリーンの部屋まで行きましょうか」

「ああ。助けになると良いな」

「そうですね」

スキアは、修復魔法《リカバリー》を見つけたことにさして驚いていない様子だ。見つけて当然という態度である。

(前にそんな魔法を見たことがあったとかかしら？)

少し気になったミスティアだったが、話題にするほどでもないとスキアと共に侍女の控室へと足を運んだ。

一行はアイリーンの部屋に着き、ノックをしようとしたところ扉が開く。アイリーンのツンと撥《は》ねたくせ毛が見えた。

「まあミスティア様！　どうかされましたか？」

「アイリーン。突然ごめんなさい。良ければ少し時間を貰ってもいい？」

「もちろんでございます！　さあどうぞお入りください」

アイリーンは敬愛する主の訪問に頬を上気させる。中に入ると紅茶の茶葉のさわやかな香りがした。午後のティータイムに向け、茶葉を選んでいたらしい。簡素なテーブルの上には、三段のティースタンド。つい手に取りたくなりそうな可愛らしい菓子が並べられていた。

「わざわざ用意してくれたのね。こんなに凝らなくてもいいのに」

「ミスティア様に喜んでいただきたくて！」

ひどい目に遭いまだ日が経たないというのに、気丈に振る舞うアイリーン。その様子を見て、ミスティアは目尻を下げた。

「ありがとう、アイリーン。あのね、突然で。嫌なことを思い出させてしまうけれど……。その手の痕……どうか私に治させてもらえないかしら」

「……！」

その言葉を聞き、アイリーンは前で組んでいた両手をぎゅっと握った。――助けてもらった上に、この火傷痕も治してくださるの？　アイリーンは喜んでいるような、泣き顔のような、曖昧な表情を浮かべた。そしてミスティアも。

「それは、願ってもないお話です。しかしミスティア様、私はこの痕を恨んだことはございませんよ。それだけはどうか覚えていてくださいませ」

「……ごめん、なさい」

あの時なぜ、アイリーンを助けられなかったのだろう。

ミスティアは何度も何度も後悔してきた。きっとアイリーンは自分を恨んでいるに違いないと、ずっと気がかりだったのだ。だがどうだろう、目の前の彼女はそんなミスティアの心情を読み取って、優しい笑みを浮かべている。

ミスティアの頬につ、と涙が伝った。

「ミスティア」

彼女の涙を見たスキアが、アイリーンより先にミスティアへ寄り添う。見上げた彼もまた泣き出しそうな表情を浮かべていた。ミスティアは首を振る。泣きたいのは自分ではなくアイリーンのはずだ。

「ごめんなさいスキア、大丈夫。アイリーン……傷ついた貴方の時間を取り戻すことはできないけれど、せめてもの償いよ。腕を出してもらえるかしら？」

「わかりました」

アイリーンは袖をたくし上げる。指先から手首まで、ただれて皮膚が硬くなっている。スキアは彼女の火傷痕に手をかざし、慎重に呪文を呟いた。

「修復《リカバリー》」

細かい金の粒子が、アイリーンの手を包み込む。この魔法は発動主の魔力量により、仕上がりが左右される。ミスティアはごくりと喉を鳴らした。どうかこの優しい彼女の腕を、元の滑らかな肌に戻してください。ミスティアは両手をぎゅっときつく握り、目を瞑り祈った。

「ミスティア様、目を開けてください」

ミスティアは、ゆっくりと瞼《まぶた》を開く。そこには涙を流すアイリーンと、火傷痕のなくなったなめらかな肌が見えた。——成功したのだ。

「良かっ、た」

ミスティアは胸を撫でおろす。すると突然アイリーンがミスティアをぎゅっと抱きしめた。

ミスティアは驚きで目を瞬かせる。

「何も、お返しできません……！　救っていただいて希望を下さり、その上に傷痕も治していただけるなんて。この感謝を、ご恩をどうお返しすればよいのか！」

「アイリーン、恩なんて感じなくていいのよ。私がしたくてしたのだから。でも望んで良いのなら、あなたには幸せで笑っていて欲しいわ」

その時、ミスティアはハッとした。

以前にも、同じ感情に触れたことがある。それはミスティアがスキアへ抱いている感情だった。身に余るほどの助けと希望をもらって、感謝であふれる気持ち。それにどうにかして報いたい気持ち。

いざ同じ立場になってみれば、何もいらないから、アイリーンにただ笑っていて欲しいと
——そう思った。

(スキアも、同じ気持ちだったのかしら……？)

胸の中に何か温かいものが広がる。自然と頬が緩んだ。

(これからも、もっと笑えたらいいな)

するとえぐえぐと泣いていたアイリーンが、突然ミスティアから離れた。眉を吊《つ》り上がらせた真剣な表情。彼女の神妙な面持ちに、ミスティアは何事かと目を見開いた。

「ミスティア様。このような火傷痕を完璧に治せる魔法など聞いたことがありませんわ。この間の瞬間移動《テレポーテーション》もです。……くれぐれもお気を付けください。ミスティア様のお力は素晴らしいですが、ゆえに利用しようと企《たくら》む者がいるかもしれません」

もっともな心配である。だがそんなアイリーンの憂いに、凪《な》いだ湖へぽたりと雫《しずく》が落ちるような、静かな声がした。

「……心配いらない、そんな輩《やから》がいれば俺がことごとく首を刎《は》ねるから」

アイリーンは返事をした彼の方を見て、そして固まった。ミスティアの肩越しに見える彼女の精霊はとんでもなく美しい、だが。

彼の口元がゆっくりと弧を描く。

「ひっ」

美丈夫が怒ると怖いと言うが、スキアのそれは背筋が凍るほどだった。

──目に、光がない。見てはいけないものを見てしまった気がする。アイリーンはガタガタと震え出した。

「ふふ、スキアったらたまに笑えないような冗談を言うのです。ね、スキア」

ミスティアが振り返ると、スキアはさっと表情を変えた。先ほどの氷のように冷たい目とは真逆の温かい瞳。

（いやいやいやっ……。冗談じゃなかったと思いますけれど、お嬢様!?）

はたから見れば、スキアはミスティアに忠実で優しい完璧な聖騎士だ。だがアイリーンはこの時強く思った。

（この精霊様は、お嬢様にただならぬ思いを抱いていらっしゃるのでは。煮凝《にこご》りを更に凝縮したような……淡い恋心なんかじゃない。もっとずっと、どろどろとした黒いもの……）

和やかに語り合う二人を見て、アイリーンはごくりと喉を鳴らした。先ほどの剣呑《けんのん》な雰囲気が嘘《うそ》のよう。

（機嫌を損ねないように気を付けよう。もし殺されでもしたら、お嬢様の傍《そば》にいられないもの）

スキアもたいがいだが、自分の命よりミスティアの傍にいられない方が嫌だと思うアイリーンも、たいがいなのであった。

「そろそろ授業が始まる時間だわ」

「では、ティーセットは授業の後にお持ちします。ミスティア様、本当にありがとうございました」

「こちらこそありがとう。では、失礼するわ」

「はい」

柔らかくミスティアがアイリーンへ微笑む。その笑みを見て、アイリーンは胸がきゅんと高鳴った。

（私の主が美しくて愛らしすぎる……！）

以前も美少女だったが、今は大人の女性へ近づき更に美しさに磨きがかかったと思う。それに中身も純粋で優しく、何より放っておけない魅力があった。滑らかになった肌を撫でつつ、アイリーンは敬愛する主を見送ったのだった。

和やかな空気もつかの間、廊下に出たミスティアはきゅっと気を引き締めた。彼女は周囲を警戒するように見回し、歩みを進めていく。

と言うのも最近、正体不明の何者かより地味な嫌がらせを受け、ほとほと困り果てているのだ。

（この間は女子トイレの個室で、突然上から水を浴びせられたのよね……）

スキアがかけてくれた守護魔法が有効だったため、びしょ濡《ぬ》れになる事態は免れた。だが精神的ダメージはどうすることもできない。悲しいし、腹立たしい。

（本当に陰湿。私を嫌いなら正々堂々向かってくればいいのに）

ミスティアはこれ以外にも様々な嫌がらせを受けていた。ノートが破られていたり鞄《かばん》にカエルが入っていたり――という魔法の痕跡が残されない手段で。

眉を寄せ考え込むミスティアに、スキアが口を開いた。

「嫌がらせの犯人はだいたい見当がつく。後ろめたさと好奇の目を向ける者が何人かいた。何度もミスティアを盗み見ていたし、もし犯人でないとしても何かしらの事情は知っていそうだ」

（え。大広間にいる人数って百人はゆうに超えていると思うけれど、凄い観察眼……！）

休憩の時間、生徒は大広間で過ごすことが多い。大広間はすべての塔の中心にあり移動に便利だからだ。

ミスティアもその一人である。しかし雨の日以外はほとんど中庭で過ごしていた。突き刺さる好奇の視線から逃れるためだ。

（今日はたまたま大広間にいたけれど。スキアは休憩時間でさえも気を抜いていないのね）

「……スキアの観察力は凄いです。でもこちらを見ていたという理由だけで、その方たちを問い詰めることはできません。何か方法を考えないと」

「そうだな、だがわかって欲しい。あなたを傷つけられて腸《はらわた》が煮えくり返っているんだ。目につく怪しい者をすべて剣の錆《さび》にしたいくらいには」

「…………」

(うん、いつも通り物騒)

上手《うま》い返しが見つからずミスティアは沈黙した。

(笑った方が良いのかしら。でもこの空気で流石《さすが》に笑うのは……)

彼女が困っていると、ふっと声がした。その声にミスティアが顔を向けると、可笑《おか》しそうに口の端を上げるスキア。——なんだ、またからかわれたのか。

ミスティアは気が抜けて少しだけむっとしてしまう。

「もう、物騒な冗談はやめてください。どうやって宥《なだ》めようかと悩みました」

すると膨れる彼女の頬を、スキアの指先が気安くつついた。

「怒っているあなたも……子リスのようでとても可愛らしいな」

——そう甘く囁き、悪戯《いたずら》っ子《こ》のように笑う彼の破壊力といったら。

殿方に頬をつつかれてからかわれる、という経験がないミスティアは石像のごとく固まった。

そしてぼんっという音と共に顔を真っ赤に染め上げる。

「なななっ……！　か、かわ？　とにかく、主をからかわないでください！」

「さて、どうしようかな」

「スキアっ」

まるで幼子がじゃれ合っているかのようなやり取り。

その微笑ましい光景を陰から覗《のぞ》く者が一人。その者は小さく舌打ちすると、物陰から杖《つえ》を振りある魔法を発動させた。

「……！」

魔力の気配に、それまで微笑んでいたスキアの表情が瞬時に鋭いものへと変わる。

すると二人の前方から黒い靄《もや》が現れ、そこから大量の蝙蝠《コウモリ》が勢いよく飛び出してきた。

「わ、一体なに……!?」

突然の出来事にミスティアが驚きの声を上げた。キーキー、バタバタとうるさい羽音を立てながら、蝙蝠たちが彼女へ一斉に襲い掛かろうとする。だがその時、スキアの青い外套《がいとう》がミスティアを覆った。スキアは彼女を庇《かば》いつつ、蝙蝠たちを手で横薙《よこな》ぎにし強く払いのける。

すると払われた蝙蝠はただの黒い紙くずとなり、床にはらはらと落ちていった。

「ただの紙……？」

「相手に幻を見せる闇の中級魔法だな。ふむ、嫌がらせに魔法まで使いだすとは。……しかしこれで相手が絞り込める」

スキアが涼しい顔で、手に付いた紙くずをぱっぱと振るって落とす。その横でミスティアは冷や汗をかいた。蝙蝠が怖かったからではない。スキアの放つ暗黒のオーラにあてられたからだ。

(怒ってる。めちゃくちゃ怒ってるわ……！)

恐ろしすぎてミスティアはスキアの顔が見られない。

「光魔法ほどではないが、闇は珍しい属性だ。怒りに任せて魔法を使ってしまったのだろう。今までは慎重に事を進めていたようだが、俺と一緒で激しやすい性質らしい。……闇から愛された者はその身に証《あかし》が宿る。大体は体の一部が闇色に染まっていることが多い。例えば、髪の色とかな」

ふ、とスキアが嗤《わら》う。

それを聞いたミスティアはハッとした。先ほどの大広間で見かけた、ある女子生徒の姿を思い出したのだ。ぼうっと過ごしていたミスティアでさえ、彼女の艶やかな黒髪には目を奪われた。

「さて、事情を聞きに行こうか？」

有無を言わせない黒い笑みに、ミスティアは小さく怯《おび》えてハイ、と返事をしたのだった。

「というわけでナタリア・コリンズ子爵令嬢。なぜ私たちに闇魔法をお使いになったのですか？」

放課後。ミスティアたちは帰路につく生徒たちの中から、黒髪の女子生徒ナタリアを捜し当てた。

（ナタリア嬢に声をかけたときの彼女の顔といったら。まるで幽霊でも見たかのように顔面蒼白になるんですもの。これじゃあ自分がやりましたと白状してるのと同じじゃない）

とはいえ彼女が犯人だと完全に決まったわけではないので、三人は人気のない庭園へと場所を移したのだった。さああ、と噴水の水が引いていき、辺りが静まり返る。すると、問い詰められたナタリアが静寂を破った。

「一体何の話ですの？　私以外にも闇魔法を使える方はいらっしゃいますわ！」

長い黒髪に桃色の瞳。わがままに映る大きな猫目がキッとミスティアを睨みつけた。その気迫にミスティアは一瞬たじろぐが、負けてはいられないと反論する。

「はい、確かにその通りです。しかし私たちに放たれたのは中級魔法。他の闇属性の方々は初級魔法までしか使えません。もうお一方いらしゃる中級魔法の使い手は、課外授業でその時はご不在でした。つまり、あの時闇の中級魔法を使えたのは貴方しかいらっしゃらないのです」

「……！」

淡々と事務的に告げるミスティア。ナタリアはふっと視線を逸《そ》らす。ミスティアの無感動な紫水晶《アメジスト》の瞳を見ていられなくなったのだ。

「私はやっておりません！　変な難癖をお付けにならないで！　……貴方、身の程をわきまえなさいよ。そのように美しい精霊様を侍《はべ》らせているからって、調子に乗らないでちょうだいっ」

腕を組んで鼻息を荒くするナタリアに、ミスティアは眉尻を下げた。このように冷静を欠かれてはいくら問い詰めても平行線をたどるばかりだろう。――であれば、違う方法を考えなければならない。

「わかりました。では、お体に聞くまで」

「…………へっ？」

ナタリアは予想外の言葉にぽかんと口を開けた。それを見たミスティアがゆったりと微笑む。どこか薄暗い美しい笑みに、ナタリアは思わず目を奪われた。ところで今、彼女はなんと言ったただろうか？

「い、一体私に何をするおつもり――」

「スキア、お願いします」

「ちょっと！　聞いてらっしゃるのっ!?　いや、止めて。ちょ――」

前へ歩み出る美しい精霊に、ナタリアは顔を赤くしたり青くしたりさせながら後ずさる。すると暗黒のオーラを纏ったスキアが、逃げ場を失ったナタリアに詰め寄りこう囁いた。

「風の悪戯《こちょこちょ》」

呪文が唱えられると、ナタリアの体が宙に浮いていく。必死に足をばたつかせるが、努力空《むな》しく地に届かない。

数分後。

「……へっ!?　こちょ？　ひ、あ。あ………ああああああっ！」

「ひゃあははははっ！　もう、もう止めてっ！　言う、言うからあああああっ！」

ミスティアは目の前で悶《もだ》えている令嬢が気の毒でならなかった。

誰も見ていないとはいえ、顔面を自らの涙や汗で濡らし悶えている姿は目に余る。

『風の悪戯《こちょこちょ》』は風の初級魔法。その名の通り、風の流れによって肌を優しくくすぐる悪戯魔法である。だが――。

くすぐるという行為は短時間であれば微笑ましい子供の遊びだ。しかし長時間となると話は変わってくる。もはや一種の拷問に近い。

ミスティアは『ちょっとくすぐるだけ』とスキアに説明を受けていたが、これはやりすぎだと思い直す。

「指示されて私がやりましたっ！　許してくださいいい！　何でも、しますから……！」

ナタリアが耐えきれず白状する。どうやら黒幕がいるらしい。

「スキア、魔法を解いてください」

「いやまだだ。裏で指示している者の名を吐かせなければ」

涙を流し懇願するナタリアを冷たい目で眺めるスキア。ミスティアは自分たちが極悪人になったような気持ちになり、スキアの外套をくいっと引っ張った。

「スキア、もう十分です。これ以上したら怒りますよ」

「……わかった」

語気を強めたミスティアに、スキアは渋々魔法を解く。すると宙に浮いていたナタリアがどさりと地に落ちた。

「はあっ……！　はあっ……！」

まだ息の荒いナタリアへ、ミスティアが膝を折りハンカチを差し出した。それを見たスキアがやれやれと肩をすくめる。まったくお優しいのだからと。

「ナタリア嬢、やりすぎてしまい申し訳ありませんでした」

「……っ。ミスティア嬢……」

地に横座りしているナタリアがミスティアを一瞥《いちべつ》し、差し出されている目の前のハンカチを乱暴に奪い取った。そして小さい声で、ぽつぽつと何かを話し始めた。

「私……こんなに大声で笑ったの、子供部屋で走り回っていた時以来ですわ……」

ナタリアの大きな瞳からはらはらと涙が零《こぼ》れ落ちる。ミスティアは焦って彼女の肩に手を添えた。その手にナタリアの白い手がそっと重ねられる。

「ごめんなさい、ミスティア嬢。侯爵家のスカーレット・ラースロー嬢に命令されて仕方なく……。いいえ、私は嫉妬していたのですわ。貴方の従えている精霊様が眩《まばゆ》いほどにお綺麗で……羨ましかったのです。だから従った。野蛮な行いを、どうかお許しください」

ナタリアがぎゅっと目を瞑る。額から汗がつたって黒髪が額に張り付いている。ミスティアはそっとその髪を指先で払い、彼女の耳にかけてやった。その優しい動作にナタリアがハッと目を開く。

ナタリアは改めてミスティアの顔をまじまじと観察した。

陶器のような白い肌に、神秘的で整った顔。気だるげな紫水晶の瞳がじっと自分《ナタリア》を映している。

（誰かが彼女のことを『銀妖精』と呼んでいたけれど、本当にそうだわ……。とても、綺麗）

ナタリアが見惚れていると、人形《ドール》のようなミスティアの目元がにこっと和らいだ。

「もうきっとひどいことはなされませんでしょう？　しないと約束していただけるのでしたら、許しますわ」

「ミスティア嬢……！」

（正直、風の悪戯《こちょこちょ》でおあいこになったと思うし）

という言葉をミスティアは呑み込む。すると慈悲深い許しに感極まったナタリアが、彼女の手をぎゅっと握った。微笑み合う二人に、スキアは腕を組みながらそれを冷たい目で見下ろす。

（はあ……。またひとり沼に嵌《は》まったか。ミスティアに溺れるのは俺だけでいいのだが）

そうため息を吐いて。

落ち着きを取り戻したナタリアを庭園から帰した後、ミスティアたちはその場に残り次の作戦を考えていた。

再び噴水から水が噴き出し、太陽の光をキラキラと反射させている。ミスティアは噴水の縁に腰かけて揺らめく水面を眺めた。

「黒幕がいたとはいえ、このような嫌がらせは後を絶たないでしょうね」

「誠に遺憾だが同意する。何か対策を立てねばな」

ううむと悩むスキアをミスティアが盗み見る。

（原因はスキアの神がかった美貌と、私の力不足。——釣り合わないと。なぜあんな小娘が光の上位精霊を使役するのだ、そう思われているのでしょう。精霊の主は自分で戦うことが少ないから、余計に侮られるのよね）

精霊使いが戦ってはいけないというわけではない。

だが杖のみで戦う魔法使いに比べて、あえて身一つで戦う必要もない。そのため精霊使いは、精霊の後ろで控えている場合がほとんどだ。むしろ精霊使いは貴重な存在なのだから、戦うことを良しとされていないきらいさえある。無論、相当な使い手であれば話は変わってくるが——。


ではその相当な使い手になれば、絡んでくる輩も減るだろうか？

悩むミスティアの脳裏に、かつてのベルの声がよみがえる。

『——調べられるとは思うけど時間がかかるでしょうね。その間にアイリーン嬢がどうなるかは運命に任せるしかない。それでも良くって？』

結果として、あの時ミスティアが行動したことでアイリーンは助かった。もし彼女があのまま、問題が解決するのをただ待っていたら手遅れになっていたかもしれない。

それにこうして特待生となれたのも、家を出る決心をして行動したからだ。

（今回の件も時間が解決してくれる問題じゃないわ。何かを変えたいなら、自分が行動しなきゃ。たとえそれが難しい道でも）

ミスティアは心を決めて目を閉じ、やがて目を開いた。

「スカーレット・ラースロー侯爵令嬢に決闘を申し込もうと思います」

ミスティアが突然放った血の気の多い発言に、スキアが目を瞬かせる。

――しかしスキアはすぐ得心がいった。この学園では学園長の意向により『生徒同士の諍《いさか》いは決闘により決着をつけよ』という苛烈な伝統があるからだ。

「……わかった。あなたを害すれば痛い目に遭うと、この俺がその者にわからせてやろう」

しかし二つ返事で頷くスキアも血の気が多い。かつてアリーシャたちと対峙《たいじ》した時のように、やる気満々で決闘への意気込みを見せるスキア。彼は主の『頼りにしています』という返事を待ち望んだ。しかし期待に反し、ミスティアはふるふると首と振る。それを見たスキアは意表をつかれ面食らった。一体どういうつもりかと。

「いいえスキア、戦うのは私だけです。主が舐《な》められているのが原因ですから、自らが矢面に立たねば」

「何を言う……？　俺は賛成できない。もしあなたに何かあれば、俺が正気ではいられないことくらいご存じだろう」

「スキアは、私の勝利を信じてくれないのですか？」

切に訴えられ、スキアは気まずく視線を彷徨《さまよ》わせた。

「もちろん信じている。だがもしあなたが怪我《けが》でもしたらと思うと……ああ、考えただけで可笑《おか》しくなりそうだ。……しかし……ここで止めるのはあなたの成長の足かせに……はあ……」

スキアが葛藤で唸《うな》りだす。ミスティアのことが心配ではあるが、籠の鳥にはしたくないのだ。

これはいけると踏んだミスティアが表情をパッと明るくする。――それにしても。

（過保護。前にペーパーナイフで指を切ったときも凄く怒られたし）

「まあ見ていてください、私に考えがあります」

ミスティアにはある勝算があった。勝利への希望を見出《みいだ》す彼女にもはや水を差すまいと、スキアが両手を上げる。

「そこまで言うのなら、もう止めはしない。あなたの本来の実力をしかと見せつけると良い。しかし身に危険が及ぶと判断したその時は、容赦なく決闘を中断させていただく」

「わかりました。ありがとうございます、スキア」

顔を綻ばせるミスティアに対し、スキアは正直気が気でない。

だがここで彼女の力を信じなければ、裏切った精霊たちと同類になる。ゆえに今スキアができるのは、ミスティアの背を優しく押すことだけであった。

「そう決まれば、あなただけの杖を誂《あつら》えなければな」

「杖……！」

『あなただけの杖』。その甘美な響きにミスティアの心が華やぐ。

魔法使いといえば杖だ。ミスティアは精霊使いなので、今まで杖を持つ機会がなかった。かつては精霊たちを顕現させるだけでいっぱいいっぱいだったので、自分で魔法を使ってみようとすら思えなかったのだ。

(初めて魔法を試せる！)

必要に迫られたからではあるが、ミスティアの心はわくわくと浮き立つ。

魔法は、魔力のある人間が杖を持つことで初めて、発動させることができる。しかし杖は高額で平民には手が出ない。ゆえに杖と魔法はほとんど貴族が独占している状態だ。

その杖の主な使用目的は、魔物を狩るための攻撃魔法ではなく、生活魔法にある。

生活魔法は家事にうってつけの魔法で、火種を作ることができたり、皿洗いまでできたりと万能である。わずかでも魔力を持っている者ならたいていは使用でき、貴族の間ではとても馴《な》染《じ》み深い魔法だ。もちろん自分で使うわけではない。使用人に杖を与えて魔法を使わせることで、主人である自らの生活を豊かにしているのである。

(生活魔法、使ってみたいと思っていたのよね。レッドフィールド家の邸宅にいた頃は、喉から手が出るほど欲しかったわ……）

ミスティアはかつての苦労を思い出し遠い目をした。寒い日の皿洗いは地獄だ。するとスキアから声がかかる。

「杖の素材には枝と鉄、石の三種類があるが、どれが良い？」

「そうですね……、石を選びたいです」

「ほう。石の杖は硬く扱いが難しいと聞くが、なぜだ？」

「それは、ええと」

枝と鉄、石にはそれぞれ得意とする属性がある。枝は風と水。鉄は火と闇を。そして石は光の属性の扱いに長《た》けている。

実のところ魔法は、呪文を唱え杖を振れば、必ずしもその術者が魔法を発動させられるわけではない。

最初は不発が多い。しかし杖と魔法の相性が良ければ発動の確率はぐんと上がる。ゆえに皆、各々の属性に合った杖を選ぶのだ。その上で鍛錬を積み重ね、少しずつ発動の確率を上げていくのである。

そのため魔法学園では日々、生徒たちがしのぎを削って鍛錬に励んでいる。

「石の杖が光属性と相性が良い……からです」

ミスティアは精霊の書から得た知識により、火、水、風、光、闇の五属性が使える。彼女はその中でも光属性を特別に思っていた。光魔法自体レア中のレアという理由もあるが、なにより。

（スキアの属性だから、光は特別）

心の中で言葉にすれば、急に気恥ずかしくなる。

ミスティアはスキアに悟られないようそっと頬を染めた。

「それは嬉《うれ》しい。光属性を極めるのであれば、なにかしら助言できるかもしれない。いつでも頼ってくれ」

「ありがとうございます、スキア先生」

ミスティアが冗談交じりに笑うと、スキアが突然胸を押さえてうずくまった。驚いたミスティアが急いで駆け寄りスキアの背を擦《さす》る。

「だ、大丈夫ですか!? どこか痛い所でも？」

「……否《いや》。ちょっとあなたが」

言葉を続けようとして、スキアが黙り込む。とてもではないが考えていることを口にできなかったのだ。

（言えない。『スキア先生』が破壊的に愛らしくて身悶えていたなどとは）

というわけである。未《いま》だ背を擦ってくれている主を心配させまいと、スキアは心を落ち着かせた。体の熱を抑えるためにふぅ、と息を吐く。

「もう大丈夫だ。さあこうしてはいられない、杖を探しに店へ向かおう」

「本当に大丈夫ですか？　もし不調があるならいつでも言ってくださいね」

「もちろんだ。不調があればあなたを万全な状態で守れないからな」

「そういうことではなく……」

と終わりのないやり取りを続けつつ、ミスティアたちは城下へ向かうため、庭園を後にしたのであった。


王国アステリア、王都。

そこは古代より存在する城塞を魔法によって修復した、古さと新しさが混在する美しい城塞都市である。山を背にした造りで、都市全体が少しずつ傾斜しており、遠目でも街の様子を窺《うかが》い知ることができた。

そのため夜は明かりが遠くからでもよく見える。魔物に怯えつつ、やっとの思いで森を抜けた商人たちが、王都の明かりを見て安堵《あんど》の息を吐いた――という逸話があるほどに。

平地側はぐるっと城壁が街を囲んでおり、その中に民の家々や商店街が軒を連ねている。そんな商店街の大通りに一台の馬車が到着した。

「着いたようだ、ミスティア」

スキアに肩を揺すられ、うとうとと舟を漕《こ》いでいたミスティアがハッと目を覚ます。馬車の扉が開かれ、人々の雑踏が一気に広がって聞こえた。

スキアの手を取りつつミスティアは馬車から降りる。彼女はごった返す人々の賑《にぎ》わいに圧倒されつつも、その活気に心を浮き立たせた。

「凄い人ですね。レッドフィールド領とは訳が違います」

「そうだな。……目当ての店はあちらだ」

ミスティアたちがいるのは大通りだが、スキアは人気の少ない通りを指さした。

「杖のお店の場所をご存じなのですか？」

「ああ」

ミスティアの問いに、スキアが短く返す。それ以上何となく踏み込めなくて、ミスティアは口をつぐんだ。思えば魔法学園から城下町へ至る方法も彼がスムーズに支度してくれた。

（なぜ王都の道に詳しいのかしら……？）

そう彼女が思案していると、スキアの足が止まった。喧騒《けんそう》から離れた通り。向かい合わせに店が並び、どれもが店構えに堂々たる風格を放っていた。明らかに高級商店街という雰囲気である。

その一角にある店の看板に『ソード・アンド・ワンド』の文字が見えた。袖看板には剣と杖が交差した絵が描かれている。どうやらここが目的地のようだ。スキアはためらうことなくその店の扉を開けた。ミスティアは緊張しつつもその後に続いていく。

店に入り一番に目に入ったのは大量の剣。壁の大半には剣がびっしりと並んでいる。それでも場所が足りないのか、無造作に樽《たる》に突き立てられている剣もあった。ソード・アンド・ワンドというくらいだから杖もあるはずだが、目につく場所に杖は置かれていない。

「いらっしゃいませお客様。何かお探しでしょうか？」

扉の正面にあるカウンターから、店員が二人に声をかけた。白髪にしわがれた声。ずいぶん年老いた店員ではあったが、整えられた髪と穏やかな語り口が気品を感じさせた。

「ご機嫌よう。この方の杖を誂えて欲しい」

スキアがやけに慣れた口調で店員に話しかけた。

「お嬢様の杖でございますね。では素材をお選びくださいますか？」

「は、はい。石の杖をお願いしたいと思っております」

「ふむ、ふむ。なるほど。いくつか石をお運びします。少しばかりお待ちください」

店員はじっとミスティアを見つめた後、奥の方へと去っていった。しばらくすると、先ほどの店員が戻ってきた。彼が持つトレイの上には幾つかの鉱石が置かれている。濃い赤、薄緑、透明なものや青い石。ミスティアはその鉱石に釘付《くぎづ》けになった。

「順番にご説明いたします。石は光と相性が良いのはご存じですな。赤は攻撃魔法、緑は守護魔法に適しております。透明なものはバランスが良い。そしてこの青は……」

店員が青い鉱石に触れると、その手がバチッと弾《はじ》かれる。

「おっと。青はすべてが優れている。しかし主を選ぶらしく、並の使い手では触れるのさえ拒まれます」

「……守護水晶の欠片《かけら》か」

スキアが苦虫を噛《か》み潰したような表情で呟いた。

「仰《おっしゃ》る通り。普段はお出ししませんがもしやと思い」

「守護水晶の欠片？」

聞いたことのない単語に、ミスティアが首を傾げる。店員はスキアを一瞥し悩む素振りを見せた後、ゆっくりと語り始めた。

「ずいぶん昔の話でございます。かつてこの水晶には、魔物を遠ざける大いなる力があった。

守護水晶と呼ばれる所以《ゆえん》はそのためです。この欠片の大本である水晶はそれは大きなもので、守護の力も絶大でありました。効力はこの国を覆うほど。しかし……悲劇は訪れる。ある時、強い雷によって守護水晶が砕かれてしまったのです。その時の欠片が、この小さな青い石なのでございます」

憂いを帯びた瞳に、どこか悲しげな声色。

「今では忘れ去られたおとぎ話をよくご存じだ。……それで値を吊り上げようという魂胆かな？」

スキアが店員へ噛みつく。

「いいえとんでもない！　確かに貴重な石ですが、持て余しているのも事実でして。気難しい石ですからね」

「気難しい、ね」

ふんとスキアが顔を背ける。

彼は守護水晶の欠片を気に入らない様子だ。反してミスティアは、その透明な青水晶にすっかり心を奪われていた。裏話にも興味を惹《ひ》かれるし、なにより。

「これ……触ってみても良いですか？」

ミスティアは、あふれ出る好奇心を抑えられなかった。スキアと店主が目を丸くする。

「ミスティア、危険だぞ」

「少しパチッとするだけですよ。物は試しで、駄目ですか？」

「その石が気に入ったのか？」

「実は、そうです。とても綺麗で、特にこの青が……スキアの瞳の色にとてもよく似ているから」

ミスティアはトレイの上に置かれている石をじっと見つめながら、そう言った。すると店内がしんと静まり返る。誰もなにも言わないので、ミスティアは先ほどの自分の発言を顧みた。

（……ハッ！　石の綺麗さに気を取られすぎて、物凄く恥ずかしいことを口走ってしまったような……！）

ミスティアは心の中で慌てふためく。それを察した店員がほほ、と笑んだ。濃くなったしわが彼の温厚さを際立たせ、優しい笑みが空気を和ませる。

「お嬢様は詩人ですな。この老人さえ思わず胸がときめきました」

「そ、そのようなことは……！」

「吟遊詩人かくやあらん。我が主は嬉しいことを言ってくれるな。正直その守護水晶が気に食わなかったが、思わず考えが変わったぞ」

「スキアまで」

ミスティアの口説き文句に、スキアは気を良くしたらしい。とにかく彼の許しを得たミスティアは守護水晶の欠片に触れてみることにした。とても美しい以外、何の変哲もない普通の石に見える。

ミスティアの白く細い指が石へと伸ばされた。触れる寸前、彼女の喉がゴクリと鳴る。そしてとうとう指が石へと触れ、ミスティアが石の拒絶を覚悟したその時。

「わ……！」

突如、石から眩い光が放たれ、周囲を青く染め上げた。

石が独りでに宙に浮き、ミスティアの目の前で静止する。彼女は石が落ちないよう、両手でそっと掬《すく》い上げた。掌《てのひら》に青い光が乱反射し、幻想的で美しい。

「石が主人《あるじ》を見つけたようでございます」

店員が穏やかにそう言った。

「そのようだ」

と、スキアも彼に同意を示す。石に認められた喜びで頬を上気させるミスティア。しばらくあって、店員が再び口を開いた。

「私もこの石の門出を嬉しく思います。さてお嬢様。これより杖の完成まで、しばしお時間をいただきますがよろしいかな？　完成した暁には住居までお届けしますので、再び足を運んでいただかなくても結構。お代ですが……良いものを見させていただいたお礼に、少しばかり色をつけておきますよ」

店員がミスティアにウインクをした。

なんともお茶目な仕草に、ミスティアが目を瞬かせる。

「よろしいのですか？」

「もちろんでございます」

そんなやり取りを終え、無事『あなただけの杖』を見つけたミスティアとスキアは、期待を胸に店を後にしたのだった。

そして幾日か経ち。

午前の授業が終わり、お昼時。天気もいいのでミスティアは学園の中庭にいた。以前は芝生の上に布を敷いて過ごしていた彼女。だが日差しから逃れるために、最近は東屋《あずまや》にいることが多い。

「本日のお食事はローストチキンのサンドイッチでございます」

「いつもありがとう、アイリーン」

ミスティアが礼を言うと、アイリーンがバスケットの蓋を外した。籠いっぱいにサンドイッチが詰められ、わずかな隙間をミニトマトが埋めている。目にも鮮やかで、作り手の温かみが感じられた。穏やかな午後のひと時。ここまではいつも通りなのだが。

「まあ、美味しそうですわね！」

両手を合わせそう言ったのは、ナタリア・コリンズ子爵令嬢。ミスティアの隣に座っているスキアが、向かいのナタリアを冷たい目で睨んだ。一度主人に仇《あだ》なした者をとことん嫌う、彼の通常運転である。

ミスティアはそんなスキアの脇腹を人差し指でつついて牽制《けんせい》した。スキアがはぁとため息を吐いて視線を逸らす。

「よろしければナタリア嬢も召し上がってください」

「よろしいのですか!? とても嬉しいですわ」

きゃっと声を上げて無邪気に喜ぶナタリア。ミスティアはそれを面映ゆい心地で眺めた。社交界の変わり者と指をさされていた彼女には、同世代の友達がいない。そのためナタリアの同席を嬉しく思う反面、どことなく緊張もしてしまう。

共に食事をとりつつ、歓談を交わすミスティアたち。すると、ナタリアが突然表情を曇らせた。

「……ミスティア嬢は、本当にお優しくて素晴らしいお方ですのね。そんな方を貶《おとし》めていたなんて……私……。あの、本日は警告しに参ったのです。ミスティア嬢、スカーレット・ラースロー侯爵令嬢にはお気を付けくださいい。彼女は目的のためなら何でもされるようなお方です。二つの属性を操る、学園一の魔法の使い手。頭も切れます。一度彼女に逆らったご令嬢が、退学にまで追い込まれたこともございました。しかしスカーレット嬢には味方も多く、誰もあのお方を咎《とが》めることができないのです」

前のめりになったナタリアが一息に捲《まく》し立てる。

どうやらナタリアは、スカーレットに目を付けられているミスティアを心配してくれているらしい。健気である。わざわざ警告するために、スキアからの圧を耐え続けているのだから。

「私、スカーレット嬢に何か失礼なことをしてしまったのでしょうか……？」

「いいえ、違いますわ。スカーレット嬢はアリーシャ嬢がお気に入りなようでして。そのアリーシャ嬢が彼女に泣きついたのです。『姉に虐《いじ》められている』と……。こうしてお話ししてみると、貴方様がそんなことをするとは到底思えません。しかし信じている者は沢山いるようですわ」

（……またアリーシャ。噂の発生源は本人だったのね）

アリーシャは人に取り入るのがとても上手い。

薔薇《ばら》の精と評される優れた見た目が庇護《ひご》欲を誘うのだ。絶世の美少女に懐かれて、嫌な思いをする者はほとんどいないだろう。そんなアリーシャが悲しんでいれば、こぞって人々は手を差し伸べる。スカーレット嬢もその一人らしい。

決闘前の『可憐《かれん》なる才媛』から『姉に虐げられし儚《はかな》い美少女』への素早い変わり身。これには流石のミスティアも舌を巻いた。

「教えてくださり感謝いたします、ナタリア嬢」

「いえ、それより……スカーレット嬢にできるだけ関わらないと約束してくださいませ。できる限り、私がミスティア嬢をお守りいたしますゆえ」

社交界に詳しくないミスティアを考慮しての発言。

(きっとご不安でしょうね。深窓の令嬢といったご風情ですもの。私が後ろ盾となってミスティア嬢をしっかりお守りしなければ)

心配げに懇願するナタリアに、ミスティアが柔らかく微笑む。その笑みを見て、ナタリアが『良かった』と息を吐いた。しかしミスティアが放った次の発言に、ナタリアは言葉を失う。

「今からスカーレット嬢に決闘を申し込みに参ります」

「…………えっ?」

その言葉に、ナタリアの口がぽかんと開く。

彼女は状況を呑み込めない。うろたえていると、東屋の椅子からミスティアが立ち上がる。

そんな彼女を、ナタリアはただ見上げることしかできない。

「えっ、えっ。ミスティア嬢」

「ご期待に沿えず申し訳ございません。しかし私はアリーシャを虐めていませんし、誤解を解かねば。それにナタリア嬢に私を虐めさせたのも気に入りません。これからも同じことが繰り返されるならば、大本を断つべきです」

(えっ、つ……強っ!?)

思っていた反応と違う。

ナタリアは目の前の儚げな少女を見誤っていたことを認めた。儚いのは見た目だけのようだ。

「それでは、ナタリア嬢」

ミスティアがお辞儀をする。それを見たナタリアは机に手をつき勢いよく立ち上がった。

「お待ちください! 聞いておられませんでしたの!? 相手は学園一の秀才ですわよ……!?」

既に背を向けていたミスティアがナタリアへ振り返る。二人の瞳がかち合った。ナタリアの瞳は不安げに揺れているが、対するミスティアは平然とした態度のまま。そして静かにこう告げた。

「その方が都合が良いですわ」

——と。

ミスティアはナタリアと別れたその足で、高位貴族が集まると聞く談話室へ向かった。

ここは学園の南棟。他の塔よりも造りが豪奢《ごうしゃ》なそこは、暗黙の了解で高位貴族のみが立ち入りを許されている。

(まあ別に男爵位の者が入ったらいけないという規律はないし。問題ないでしょう)

ミスティアはスカーレットを捜すため、塔内をずんずん進んでいく。ひそひそとした囁きが彼女の耳に刺さった。学園内で良くも悪くも有名人なミスティアは、周囲の視線を集めてしまうのだ。当然彼女の美しい精霊も。

(……あの方かしら)

ミスティアは一人の令嬢の姿を目に留めた。

鮮やかな赤髪に翡翠《ひすい》色の瞳の美女。ナタリアから聞いていた特徴に当てはまる。スカーレットと思《おぼ》しき令嬢は、一人掛けソファに腰かけ、数人の令嬢に囲まれ歓談していた。

その中の一人が、ミスティアとスキアに気づきスカーレットへ耳打ちした。

「あらぁ？　ここにふさわしくない罪人が紛れ込んでいるようね？」

罪人という言葉にミスティアが眉をひそめる。くすくす——と小さな笑い声が談話室に広がった。そこで初めて、スカーレットとミスティアの視線が交わる。ミスティアは彼女の前に進み出て、カーテシーを披露した。

「一体何のご用向き？　仰ってご覧なさいな」

「お初にお目にかかります。私は男爵家のミスティア――」

「まあ！　可愛いアリーシャ嬢を虐めて精霊様を捨てたあの!?　ちょうど良かった、私も貴方に用があったの」

芝居がかった仰々しい大声。スカーレットが手元の扇子を掌にパン！　と打ち付ける。そして何を思ったか、その白い扇子をミスティアの足元に向かってぽいっと放り投げた。

「ミスティア・レッドフィールド男爵令嬢。貴方に決闘を申し込むわ。私が勝利した暁には……そうね。この学園から去ってくださる？」

自信に満ちた笑みを浮かべながらスカーレットが言う。

(私が決闘を申し込もうと思っていたけど、手間が省けたわ)

ミスティアは投げつけられた扇子を拾い上げた。それを横目で眺めつつ、スカーレットが口を開く。

「でも私は精霊使いじゃないの。これって不公平ではなくて？　ねえ皆さん！」

彼女が両手を広げて語気を強める。周囲の令嬢方は彼女に同意し『その通りですわ！』と次々に声を上げた。その場の空気を摑《つか》んだスカーレットが不敵に微笑む。

（アリーシャから聞いた話では、ミスティア自体は魔法を使ったこともない雑魚！　強いのはこの精霊なのだから、引き離せば勝利はこっちのものよ！　……飛んで火にいる夏の虫とはこのことね。お馬鹿さん、勝負というのは外堀を埋めてから挑むものなのよ）

もしミスティアが決闘を拒めば、『アリーシャを虐めている姉』という噂を認めることになる。決闘を受けて負けても学園からも去らざるを得なくなる。スカーレットは、ミスティアがどちらを選ぶのか楽しみでたまらなくなった。

「精霊様抜きで、一対一で戦いましょう？　ね、ミスティア嬢」

それはまるで死刑宣告。

令嬢たちがミスティアに憐《あわ》れみと侮蔑の視線を送った。

ミスティアはスカーレットから差し出された手を無感動な目で見つめる。そして、彼女にこう返した。

「わかりました、その条件をお受けいたします」

どこまでも平淡な声色。ミスティアの全く意に介していない様子に、スカーレットは思わず首を傾げた。

（……あ、あら？　もっと慌てるかと思ったのだけれど。強がっているのかしら……？　まあいいわ。上級魔法が使えるこの私が、最近復学してきたぽっと出の初心者に負けるはずがないもの！　そもそも精霊なしでは魔法を発動できないんじゃないかしら？）

学園一と名高いスカーレットの実力は折り紙付きだ。

更に最近では、名のある教授との模擬対戦でも勝利を収めた。すなわちスカーレットは学生の身でありながら、既に国内で指折りの実力者と言っても過言ではない。

そんな彼女が居丈高に声を上げた。

「さあ！　場を整えましょう！　我闘士なり《アンフィテアトルム》」

興奮しきった顔でスカーレットが杖を振る。

すると談話室の床や壁が激しく波打ち始め、部屋が広がっていく。置かれていた家具はどこかに消え、そこには何もない真《ま》っ新《さら》な広い空間が出来上がった。先ほどの呪文は、決闘場を作り出すための呪文だったのだ。

談話室に居た生徒たちが壁際へ寄っていく。やがて部屋の中心に、ミスティアとスカーレットだけが残された。

「ルールを決めましょう。使える呪文は三つのみ。膝をついたり杖を離したら負け。あとは、言わなくてもわかるわね？」

もちろん学生同士の決闘で相手を殺しては駄目だ。

スキアは周囲に気取られないように、射殺すような目でスカーレットを睨みつけた。

ミスティアは頷き、ローブから杖を取り出す。この日のために誂えた彼女だけの杖。ミスティアが持つと杖は淡く発光し熱を帯びた。

「私は火と風の属性から攻撃魔法を三つ選ぶわ。守護魔法はなし。攻撃魔法で防げば良いもの」

スカーレットの言葉に周囲がざわつく。決闘において身を守る守護魔法は必須と言ってもいい。彼女のように攻撃魔法しか選ばないのは前代未聞である。しかしスカーレットには狙いがあった。

(男爵家の小娘が、侯爵家の令嬢にもし傷でもつけたらどうなるかしらね？　魔法の初心者であれば、余計に大きなプレッシャーを感じるはず。ミスティア、貴方はこの私に向かって杖を振れる？)

そう、彼女は身分を盾にしたのだ。

決闘において身分差はないという建前はあれど、本音ではやはり存在する。様子を見守っていたスキアが顔を歪《ゆが》めて舌打ちした。

「卑劣な……っ」

心配する彼を余所《よそ》に、ミスティアは表情を変えずにこう答えた。

「私は生活魔法から一つを選びます」

「…………………はあ？」

余裕綽々《よゆうしやくしやく》だったスカーレットの表情が崩れる。決闘において、生活魔法を使うという話は聞いたことがない。攻撃魔法のみというのも前代未聞だが、ミスティアの選択はそれ以上だ。とても正気とは思えない。

「一体何をお考えになっているの？　まあ、いいわ。私に不利ではないですし。それではミスティア・レッドフィールド嬢、心の準備はお済みかしら？」

「いつ始めていただいても結構です」

「よろしい。では……これより決闘を始めましょう！　悪いけれど先手必勝よっ！　炎球《フレア・ボール》」

開幕と同時に、スカーレットが杖を振る。

炎球《フレア・ボール》は火の上級魔法。中級魔法である火球《ファイア・ボール》の上位互換だ。談話室の温度が一気に上昇し、観衆の一人が額を拭った。そして黒みを帯びた巨大な火の玉が、ミスティアに向かって凄まじいスピードで飛んでいく。

見守るスキアは生きた心地がせず、強く拳を握りしめた。ミスティアは守護魔法を選んでいないため、何とかしてこの炎球《フレア・ボール》を防がなければならない。

するとと彼女の薄い唇が動いた。

「糸《スレッド》」

魔法が唱えられると、ミスティアの前に一枚の白い布が現れる。

その時、誰もがミスティアに訪れる惨事を予見した。

見るに堪えず顔を背ける者も。ただの布がスカーレットの炎球《フレア・ボール》を防げるなどと思えなかったのだ。しかし、である。

一枚だけかと思われた布が、突如として二枚三枚と現れだす。ついには数えるのが困難なほど重なったそれは、もはや壁と言っても過言ではない様相。

壁が炎球《フレア・ボール》を受け止める。ボフン！　と鈍い音が辺りに響いた。直撃するかと思われた炎球《フレア・ボール》があっけなく防がれ、スカーレットはうろたえる。

「な……！　守護魔法なしに私の炎球《フレア・ボール》を防ぐだなんて!?」

勢いをそがれた炎が床に落ち、布の塊を燃やし始める。ミスティアがもう一度杖を振ると、布は消え炎も消え去った。

(布を出現させる魔法なんて聞いたこともないわ！　どこかに隠し持っていたのを、風魔法で操ったのかしら。でも何もない所から現れたように見えたけれど……)

スカーレットは動揺するも、すぐに頭を切り替える。一度防がれたとはいえただの布だ。力押しすればこちらが有利なのは変わらない。

(子供だましの魔法に驚かされたけど、次はないわ！)

スカーレットが落ち着きを取り戻す。彼女が再び杖を振ろうと動かそうとした、その時。

「え……!?　う、腕が、動かない……っ」

それどころか動かそうとすると、腕がキリキリと痛む。まるで目に見えない糸にぐるぐる巻きにされているような。そこまで考えて、スカーレットは目を見開いた。先ほどミスティアが唱えた魔法は何といったか。

「嘘。嘘嘘嘘っ！　ありえないっ！」

そう、ありえなかった。

ミスティアが杖を振ったのは一回のみ。ただの魔法初心者が、用意していた大きな布を何らかの方法で操作したのだ——スカーレットはそう見通していた。しかしミスティアが口にしたのは、その名の通り布ではなく『糸』。それに気づいた時、彼女はゾクッと背筋が寒くなった。

「ま、まさか。細い糸一本一本を、魔力操作で編んだって言うの……？　一体何本、糸を作り出してるのよ……っ！」

スカーレットは目の前にたたずむ少女が恐ろしくてたまらなくなった。

まるで子供の頃に夢でうなされた、古い魔女を相手にしているような絶望感。魔法は多重詠唱もできるが、その分膨大な魔力が必要になる。無駄に打って魔力切れを起こしそのまま死——ということも多々。ゆえに多重詠唱には慎重になる魔法使いが多い。

「ええと、数はわかりませんがとにかく沢山です」

返答に困ったミスティアが頬を掻《か》く。

「た、沢山って貴方ね！　自分のやっていることがおわかり？　魔力切れで死ぬのが恐ろしくないの!?」

「魔法初心者の私でも発動させやすいのがこの『糸』でしたので。発動が失敗するなら数で押した方が良いかなと。それとご安心ください、これは生活魔法なのでほとんど魔力を消費しませんから」

微笑む姿は非の打ち所がない優雅なご令嬢に見える。だが彼女の口から飛び出した言葉は苛烈そのもの。スカーレットは開いた口が塞がらない。

ミスティアの言い分はこうだ。『魔法が発動する確率が低いのなら、確率なんて関係なくなるほど詠唱すればいいいじゃない』。

「毎日毎日、縫物をしていましたからイメージもつきやすかったのです。ドレスを仕立てるのも得意ですよ、ほら――」

ミスティアが杖を振ると、スカーレットがびくりと肩を揺らした。

生殺与奪の権利を握られているのだから当然である。スカーレットは矜持《きょうじ》を忘れぎゅっと目を閉じた。すると彼女の足元からシュルシュルと純白の糸が編み上がっていく。

何をされているか全くわからないスカーレットが、顔を青ざめさせてぶるぶると震えた。

そんな彼女を余所に、それは完成する。その驚きの光景に、観衆は大きく騒《ざわ》めいた。

「ミスティア嬢は、まるでおとぎ話に出てくる妖精の名付け親《フェアリー・ゴッドマザー》ですわね……！」

令嬢の一人が嬉々《きき》とした声でミスティアを讃《たた》える。まさにそうですわ、と近くの令嬢たちも顔を合わせて微笑んだ。

その声につられて、スカーレットは恐る恐る瞼を開いた。

「……！」

そして彼女は大きく目を見開く。

先ほどまで自分が身に纏っていた学生服が、美しいイブニングドレスに変化していたからだ。目が覚めるほどの純白に、艶のあるサテンのような生地。ドレスの下には学生服を着ているため、すべての肌を覆い隠すデザインだ。

ウエストだけはぎゅっと細く絞られていて、そこからスカートがふんわりと広がっている。裾は床に引きずるほど長い。レースには細やかな刺繍《ししゅう》が施され、なんとも華やか。

スカーレットの赤髪が白に映え、ドレスが彼女の美しさを極限まで際立たせている。自分の姿を認めたスカーレットが、手に持っていた杖を落とした。カラン、と虚《むな》しい音が辺りに響き渡る。

「私の負けね」

ミスティアが発動させた型破りな魔法に、スカーレットは乾いた笑みしか出ない。

（皆呑気《のんき》に笑っているけれど、これは人間業じゃないわ。幾千の多重魔法はもとより、魔力操作の巧みさが常軌を逸している。ここまで完璧に、魔法の糸でドレスを編み上げるなんて規格外の一言……。妖精の名付け親《フェアリー・ゴッドマザー》なんて喩《たと》えが上手ね。彼女以外、おとぎ話でしか再現できない魔法だもの）

かつ、身分差の問題もミスティアは上手く機転をきかせていた。

ドレスを仕立てることで、スカーレットを主人公《シンデレラ》に見立てたのだ。あくまでミスティアは彼女を助ける魔法使い。脇役とアピールし謙《へりくだ》っている。

（お見事よ。主人公《シンデレラ》が魔女を火あぶりにするわけにもいかないしね）

完璧に練られた平和的勝利。降参と白旗を揚げたスカーレットに、ミスティアがほっと胸を撫でおろす。そして内心独り言《ご》ちた。

（無茶な作戦だったけれど、上手くいって良かった）

相手を傷つけず、魔法初心者の彼女が勝利するにはこの方法しか考えつかなかったのだ。ミスティアは杖を振り、糸をすべて消失させる。操り人形だったスカーレットが糸を切られて床に膝をついた。

「まさか規格外に強い精霊の主人が、その上をいく規格外だったとはね……。守られているだけのお姫様じゃなかったってわけ。見誤ったわ」

ハッと自嘲の笑みをこぼし、スカーレットがミスティアを仰ぎ見る。

「それで、敗北した私に何をお望み？」

スカーレットがミスティアに望んだのは魔法学園の退学だ。であれば、それに見合う罰が下されるべきである。その言葉に、スカーレットをいつも取り巻いている令嬢たちが顔色を失う。スカーレットを含む令嬢たちは、固唾を呑んでミスティアの言葉を待った。

急に静まり返った談話室。

ミスティアはスカーレットの『くっ……殺せ！』な雰囲気に目を瞬かせる。彼女は正直に思っていることを口にすることにした。

「考えておりません、でした」

沈黙、沈黙。

（とりあえず勝ったら良いと思ってた……！）

これはミスティアの真の本心である。

勝てば実力も示せるし、嫌がらせもなくなるはず。それで彼女は十分で、これ以上スカーレットに何も望むことはない。

すると、突然フッと噴き出すような笑い声が聞こえた。ミスティアが目を向けると、そこには彼女の精霊の姿。

「はは、流石は我が主。欲のないのが実にあなたらしい」

スキアの上機嫌な笑みに、令嬢たちが思わず頬を染めた。

彼が人前でこのように振る舞うのは珍しいこと。ミスティアに付き従っているときのスキアは、常に鉄仮面のまま表情を変えないからだ。しかしその笑みは一瞬であった。

「俺なら容赦しないがな」

柔らかな表情から一転。そう言ってスキアがスカーレットを冷たい瞳で射貫《いぬ》く。焦ったミスティアは、彼とスカーレットの間に入り体で視線を遮った。

「ではスカーレット嬢、一つだけよろしいでしょうか！」

「……ええ、いいわ」

「私がアリーシャと精霊様を虐げていた、ということは私の知る限りございません。それをお知りおきくださいませんか」

ミスティアがまっすぐに請う。彼女の言葉を聞いたスカーレットはゆっくりと立ち上がり、スカートについた煤《すす》を払った。

「信じてくださいじゃないのね。知ってもらうだけでいいと？」

「はい、証明するための証拠はございませんから」

「なるほどね」

スカーレットは少しばかり思案する。アリーシャとミスティア、どちらの言い分が正しいのか。

ときにスカーレットは、見目麗しい令嬢を周囲に侍らすのが好きだ。その点で言えば、アリーシャは完璧に彼女のお眼鏡に適《かな》っている。

そのアリーシャが『姉に虐められている』と言うのだから、手を差し伸べた。しかしどうだろう、彼女の目に映るミスティアという令嬢は、いざ対峙してみれば清廉かつ豪胆。それでいてアリーシャの派手な美しさとは違った、繊細な趣のある美少女。

詰まるところ、スカーレットはミスティアをとても気に入ってしまっていた。誰かに頼らず、直接殴り込みに来る心意気も面白い。それらから導き出された答えが口に出る。

「――信じるわ。杖を交えてみて、貴方がそんなことをする者だとは思えなかったから」

スカーレットが胸に手を当て微笑む。まさか信じてもらえると思っていなかったミスティアが目を瞬かせた。

「感謝いたします、スカーレット嬢」

「どういたしまして。貴方に興味が湧いたわ、私もファンクラブに入ろうかしら」

「……ふぁ、え？　今何と」

ミスティアがピシリと固まる。彼女は聞こえてきたとんでもない単語に耳を疑った。

慄《おのの》くミスティアを見て、スカーレットが頭上に疑問符を浮かべる。

「知らなかったの？　貴方にはファンクラブがあるのよ。創始者はアイリーン・ベンバートン。貴方の侍女じゃなかったかしら」

そう告げられたミスティアは、驚きに大きく目を見開いた。

そして両手で顔を覆い、俯《うつむ》く。彼女の耳はみるみる内に真っ赤に染まっていった。

「あ、アイリーン……っ。貴方ねぇ……っ」

恥ずかしくて死にそうとはこのことだろう。

ミスティアは、心から信頼していた侍女に裏切られた気持ちになった。アイリーンが自分を敬愛してくれているのは嬉しいが、一言欲しいものである。もちろん全力で止めるが。

恥じ入るミスティアに、周囲がなんともいえない生温かい視線を送った。

先ほどまで剣呑な覇気を放っていた彼女が、年相応に照れる姿は微笑ましい。

「ミスティア嬢って可愛らしいお方なのね」

「うふふ……」

そんな声が上がる。初めは厳しい視線を送っていた令嬢たちだが、今はすっかりミスティアに絆《ほだ》されてしまっていた。誰もがミスティアに好意を抱きはじめている。

スキアは感心した。自らの力だけで場を切り抜けたのみならず、悪意を好意へ転じて見せたのだから。そして未だ恥じらう主を哀れに思い、彼女へ歩み寄っていった。しかし悪戯心が芽生え、ついからかいたくなる。

「俺もファンクラブに入ってもいいかな？」

「……！　それ以上言えばしばらく口を利きませんよ」

「それは困る。小鳥のように可愛らしい、あなたの声をもっと聞かせてくれ」

破壊的な口説き文句にミスティアが押し黙る。

キャーッと令嬢たちがスキアの言葉にかしましい悲鳴を上げた。もう居ても立ってても居られないミスティアは、スカーレットに急ぎお辞儀《カーテシー》をし、スキアの手を摑んだ。

そして背に突き刺さる羨望の眼差《まなざ》しを無視しながら、その場を去ったのだった。

ミスティアは午後の授業を受けるため教室へと向かう。

まだ頬が熱く、肌はひりついていた。しかし心は勝利を収めた達成感によりすっきりと晴れやかで。恥ずかしさと達成感を同梱《どうこん》させた感情が、彼女の心の中をいっぱいに埋め尽くす。

「まさか生活魔法の糸《スレッド》をあのように使いこなすとは。恐れ入った」

未だ、ミスティアに手を引かれていることが嬉しいスキアが口を開く。話しかけられたミスティアが歩く速度を緩める。

「正直、初めて『糸』の魔法を知ったときは、縫物をする以外使い道がわかりませんでした。でもいざ使ってみると便利ですね。壁にもなるし相手の動きを封じられるし、編んで服も作れるのですから」

「あ、ああ」

（いや、それはミスティアだからできる芸当だと思うが）

恐らく彼女以外が糸《スレッド》を使うとしたら、ほつれた服を縫う時ぐらいだろう。生活魔法とは本来そういうものだ。スキアはあえて突っ込まずに口をつぐんだ。やがて二人は目的の教室へとたどり着く。

「では、授業の間は姿を消しておく。警戒はしているから安心して欲しい」

「わかりました」

スキアの姿がさらさらと消える。ミスティアは教室の戸に手を掛けながら深呼吸した。


復学後、授業についていけるか心配だった彼女だがそれは杞憂《きゆう》に終わった。というのも、火・水・風・光・闇の五属性を最上級魔法までマスターしているのだから当然とも言える。

現在、ミスティアが受けているのは魔法学の授業だ。今まで精霊学一本を勉強してきたミスティアにとって、魔法学は新鮮である。彼女は目をキラキラと輝かせて、要点をノートへ書き込んでいく。

教壇に立つ教授が、本を開き眼鏡を光らせた。

「そもそも精霊使いと魔法使いの違いは何なのか。一言でいえば、精霊使いは『魔法使いの上位互換』と言えるでしょう。まあ皆さん一度は、精霊使いの特性が自分にあるかどうか、試されたことがあるでしょうね。おわかりの通り、精霊使いはすべてにおいて優れている反面、絶対数が少ない。そもそも精霊を召喚できる者が少なく、かつ召喚しても精霊に気に入られなければ契約できない場合があるからです。一方で我々魔法使いは数が多く魔法学に関しては拓《ひら》かれている」

教授の目に羨望の色が浮かぶ。彼もかつて自分に精霊使いの資質を期待した一人だったのだろう。

「絶対数の少なさから精霊学は未だ拓かれず、解き明かされない謎が多い。しかしわかっていることもあります。例えば魔法使いは、杖を媒介し魔法を出力しますが、精霊使いは違う。彼らは精霊が杖代わりなのです。精霊使いだって杖で魔法を使えます。ですが当然、木の枝よりも魔法に長けた精霊が魔法を出力する方が、威力は何倍にも跳ね上がります――ここにその貴重な精霊使いがちょうどおられますので、少し実験してみましょう」

教授の発言により、生徒たちの視線がミスティアとアリーシャへ一気に集まった。

「さあ、お二方は前へ」

「はい」

ミスティアが応じ席を立つと、スキアが傍に現れた。女子生徒たちの熱い視線が肌に刺さる。

(授業を受けている以上仕方ないけれど、元精霊たちの姿はあまり見たくはないわね……)

アリーシャが精霊を呼び出し、ミスティアの元精霊たちが教壇に現れた。ミスティアはできるだけ彼らを見ないように顔を背けつつ、教壇へ立つ。アリエルはそんなミスティアへじりじりとした視線を送るが、彼女は気づかないふりをした。

「ではまず私が水の初級魔法を発動させます。水よ《アクア》」

教授が呪文を唱えると、掌に拳大ほどの水の玉が現れた。この魔法は攻撃魔法ではなく生活魔法である。水のない所で使っても出現させられる、便利のよい魔法だ。

「そして、この魔法を精霊使いが使えばどうなるか。さあまずはアリーシャ嬢、魔法を唱えてみてください」

「かしこまりました。アリエル様、お願いいたします」

「わかった。水よ《アクア》」

アリエルが呪文を唱えると、スイカ玉ほどの大きさの水が彼の掌に出現した。生徒たちがおお、と声を出しざわめく。先ほど教授が発現させたものより何倍も大きい。アリーシャとアリエルは誇らしげに微笑みあった。

「わかりましたか？　このようにただの生活魔法でも大きな差が生まれます。魔力消費も精霊使いの方が少なく優れています。さあ、次はミスティア嬢」

「はい。ではスキア、お願いします」

「承った。水《アクア》よ」

スキアが呪文を唱えた瞬間、辺りがズン、と暗くなった。

（え？　間違って闇魔法を使っちゃ――）

バシャーーーーン！

「キャーッ！」

「うわあああああ！」

阿鼻叫喚《あびきょうかん》である。突然教室に現れた大量の水が、生徒たちの頭上に降りかかったのだ。窓は割れ、ドアが乱暴に開き水があふれ出す。何人かの生徒が危うく転びかけたが、スキアがすかさずそれを阻止した。

「………」

一体何が起こったのか、と水が去った教室は静まり返る。ちなみに守護魔法が継続していたミスティアは一人だけ被害を受けずに済んだ。なんとも気まずい。

(デ、デジャヴ)

ちらりと隣を見れば、シャイターンにしがみついて難を逃れたアリーシャが、びっしょりと濡れて顔を真っ青にしていた。意図せずミスティアは、水を浴びせられた恨みを彼女へ返したのだった。

「と、このように魔法というものは、その者の魔力量や精霊の位などによって威力が大きく左右されます。勉強になりましたね」

授業は続いているようである。

教授のとんがり帽子からぽたりと雫が落ちた。ミスティアは勢いよく腰を折り、深く深く頭を下げた。

「も、申し訳ございません！　ただちにすべてを元に戻します！」

ミスティアはスキアに頼み、乾燥魔法を使ってもらった。乾燥魔法は火と水を掛け合わせた複合魔法で、衣類がすぐ乾く大変便利な魔法である。あっという間に教室は元の整然さを取り戻した。生徒たちは魔法の暴走には慣れたもので、ミスティアの失敗をあっけらかんと許してくれた。

だが、顔を曇らせる者がただ一人。アリーシャは唇をわなわなと震わせながら、席に戻ろうとするミスティアへ向かって叫んだ。

「ひどいです、お姉様！　なぜわざと私を辱めたのですか!?　私が悪いのですか!?　私が、お姉様の精霊様をお助けしたから……！　しかし見ていられなかったのです！　精霊様にひどい仕打ちをするお姉様を……っ」

ミスティアは突然叫び出したアリーシャを見て固まった。

（と、突然何なの!?　脈絡がなさすぎて理解が追い付かない。ああ、水魔法の威力が私とアリーシャで全然違ったから、それをわざとやったと思われてる？　というか後で二人の時に言えばいいのに、なぜ皆の前で言うのかしら……貴族令嬢としての矜持はないの？　はあ……また性懲りもなくとんでもない話をでっち上げたものね）

「ごめんなさい。でも貴方を辱めようだなんてつもりはなかったわ。初めてあの呪文を唱えたから、こうなってしまって。皆様に迷惑をかけたのは申し訳ないと思っているわ。でも……私が元精霊たちにひどい仕打ちをしたというのは聞き捨てならないわね」

ミスティアが腕を組んでため息を吐く。それは美人が怒ると怖いという姿を体現していた。もとよりミスティアは、可愛らしいよりも冷たく見える美人である。アリーシャは少しだけたじろいだ。そして、主を悪く言われて黙っていられない者が一人。

「主を役立たずだと言って鞍替《くらが》えしたのは元契約精霊殿たちだろう。なぜずっと黙っている？　妹君はそれを唆していた。妹君が言っていることは全くのでたらめなのだが。この学園に来てからただならぬ悪評を流され、我が主はお困りだ」

声は毅然《きぜん》としていて説得力がある。『ミスティア嬢は人さらいを捕らえた正義の方だしねえ』と生徒たちがひそひそ話し始める。軍配はミスティアの方にあがっているようだ。立場を脅かされたアリーシャが声を張り上げる。

「嘘よ！　ねえ、アリエル様！　お姉様に虐げられていましたよね⁉」

「あ、ああ……」

煮え切らない態度のアリエルに、アリーシャは小さく舌打ちした。

「な――」

アリーシャが再び声を上げようとすると、パン！　と手を鳴らす音が響いた。魔法学の教授である。

「はい！　喧嘩《けんか》はここまでにしてください。まだ授業中ですのでお二人とも席に戻って」

アリーシャはまだ何か言いたげだったが、やがてその口を閉じた。なお食い下がれば、自らの愚かさを露呈させるだけだろう。アリーシャは、自分の立ち位置が変化しつつあるのをひりひりと肌で感じた。

(お姉様、いえミスティアが私より上だって言うの!? 見た目も、才能もすべて私が上のはずだった！ なんであの精霊は私のものにならないの？ 譲り受けた三体とも役立たずだし、シャイターンたちのせいでとんだ恥をかいたじゃない……っ)

怒りの矛先がゆっくりと精霊たちへ向かっていく。そのアリーシャの醜い顔を、隣にいたシャだけが静かに見つめていた。アリーシャはそんな目線に気づかず、怒りをひたすらに燃え上がらせていく。すると、突然彼女の視界がぐらりと揺れた。

「……っ」

ふらつくアリーシャをシャイターンが支える。思えば最近、彼女にはこうした立《た》ち眩《くら》みが多い。シャイターンは眉間にしわを寄せてアリーシャの肩をぎゅっと握りしめた。

「おい、大丈夫か？」

「は、はい。ここのところなんだか調子が悪くて……。先生、授業の途中で申し訳ございませんが、医務室に行ってもよろしいでしょうか？」

顔色が悪いアリーシャを見て、教授がこくんと頷く。

「結構ですよ、ゆっくり休まれてください。付き添いは貴方の精霊様がいらっしゃいますね、どうぞお大事に」

許可を得たアリーシャ一行が教室から退出していく。一瞬だけだったが、水を浴びて体が冷えたのだろうか。ミスティアはアリーシャの体調がほんの少し心配になる。しかしすぐ首を振った。自分だって間接的にだが彼女に水を浴びせられたのだ、気遣う義理はない。

（私の死を喜んでいたアリーシャを心配するなんて、私もまだまだ甘いわね）


「ミスティア！」

授業が終わり、自室へ戻ろうとするミスティアとスキアに、背後から声がかかった。振り返ると、透ける水色の髪。アリーシャの精霊アリエルだ。ミスティアはその顔を見ただけで胃の底がムカムカとした。

「二人だけで話せないか？」

アリエルはスキアへちらりと目配せする。ミスティアはため息を吐いた。シシャはともかく、アリエルと二人きりにはなりたくない。彼はすぐにかんしゃくを起こすからだ。

「アリーシャの付き添いはどうしたんです？　申し訳ありませんが、貴方様と話すことはございません。これにて失礼します」

一礼し踵《きびす》を返そうとするミスティアの腕を、アリエルが必死な表情で摑む。強い力で摑んだために、ミスティアが痛みに顔を歪めた。ミシ、と骨の軋《きし》む音がする。

「待ってくれ！　私は君のために身を引いたんだ！　どうかもう一度私と契約を──」

アリエルが追い縋るその時だった。

「彼女に触るな、薄汚い裏切者」

雪山の狼が低く唸るような声。

声がしたかと思えば、ひゅっと一陣の風が吹いた。するとミスティアとアリエルの距離が離れ、アリエルがその場に尻餅をつく。スキアが剣を抜いたのだ。

「ぐああっ！」

アリエルは右腕を抱え、うずくまる。何事かとミスティアが振り返りアリエルを見ようとするが、背後からそっと抱きしめられ、手で視界を覆われた。アリエルのうめき声がその場に響き渡る。

スキアはミスティアを摑んだ彼の腕を切り落としたのだ。

正気の沙汰じゃないとアリエルはスキアを睨みつける。

「私の腕が！　くそっ、貴様……！　いきなり斬りかかるなど、普通ではないぞっ」

「なに、精霊は人間とは違う。主の魔力をたんまりと吸えばすぐ元に戻るさ。お前の主にその余力があればの話だが」

「スキア、一体彼に何を」

ミスティアはスキアの目隠しを手で外そうとするが、固くて解けない。アリエルに強く摑まれた場所に回復魔法がかけられ、痛みがひいていく。するとスキアが耳元で囁いた。

「彼の瞳を見てはいけない。あれはあなたに恋い焦がれている男の瞳だ。もしあなたがそれに焼かれてしまえば、俺は彼を消さなければならなくなる」

静かな声。たまにスキアは過激な冗談を言うことがあった。だが——ミスティアは息を吞む。

(冗談じゃ、ない？)

つ、と彼女の頰に汗が伝った。一触即発な雰囲気に口の中が渇く。発言を間違えたら、もっと状況がひどくなるだろう。スキアはためらいなく彼を消滅させるかもしれない。ミスティアは不思議に思った。なぜスキアはこんなにも自分への忠義が篤《あつ》いのだろう。

いや、これは忠義と言えるのか。

「アリーシャの精霊様。もう貴方様は私の精霊ではございません。どうか金輪際、私に一切かかわらないでください。……それでは」

「我が主がこう仰せだ。今後一切、彼女の視界に入るな」

ミスティアとスキアは今度こそ踵を返しその場を離れた。

ミスティアは内心独り言ちた。冷酷な対応だったと思う。彼らの言う冷徹女そのものだ。だが優しい言葉をかけてアリエルを介抱すれば、彼の命が危うい気がした。もしそうなればスキアもただではすまない。精霊殺しはあってはならない罪。

ミスティアは自分の手をきつく握りしめ前を歩くスキアを、不安に揺れる目で見つめ続けたのだった。

「スキア、貴方に聞きたいことがあります」

ミスティアとスキアは、学園の長い廊下を歩いていた。不思議と誰ともすれ違わない。まるで、きちんと話し合いなさいと建物が二人を隔絶しているようだった。スキアはミスティアに声をかけられて、ピタリと足を止める。そして振り返った。スキアはなんともばつが悪そうな表情を浮かべている。やりすぎてしまったと反省しているのだろう。

(悲しそうな顔……でも)

ミスティアは心を決めた。薄々と感じていたことを、今度は逃げずに打ち明けようと。

「貴方は、普通の精霊ではありませんね？　教授は精霊の位によって魔法の威力が上がると仰っておられました。シャイターンたちとの差は歴然でしたが……あまりにも差が大きすぎる。私の魔力量よりもきっと遥《はる》かに。貴方は、もしかして……」

「その先は俺から言わせていただきたい」

スキアは両手でミスティアの手をぎゅっと握った。コバルトブルーの瞳が、悲しげに揺らぐ。

言いづらいことを言わせてしまう。けれどミスティアは知りたかった。もう知らないふりをしたままではいられなかったのだ。スキアは彼女にとって、それほど大きな存在になっていた。

そして同時に危ういとも。

「あなたの予想通り、俺はかつてこの国で『大精霊』と呼ばれるものだった」

「！」

大精霊。

アステリア王国を守護していた大いなる精霊のことだ。かの存在がいたことで、この国は魔物から守られていた。現在ではその役割を冒険者が担っている。しかしレッドフィールド領と同様に、冒険者への報酬はアステリアの財政を圧迫している。つまり、スキアは喉から手が出るほど欲されている存在だろう。彼はミスティアと呑気に学園にいるべき存在ではないのだ。

スキアの表情に暗い影が差す。ミスティアは不安で心がざわめいた。もっと聞きたい、聞きたくない。

「……俺はあなたを利用していた」

美しい唇から発せられた鋭い言葉が、ミスティアの心に深く突き刺さる。なぜこの美しく完璧な精霊が、彼女のような未熟な小娘に今まで優しくしてくれていたのだろうか。ミスティアは苦しくて、心臓をきつく握られた心地がした。

また裏切られた？

ショックで、すべてが黒く塗りつぶされる感覚が彼女を襲う。

「どういう、ことでしょうか」

ミスティアの唇がわなわなと震える。それを察してか、スキアが握っている手に力が込められた。彼女はかつて精霊に裏切られたことを思い出す。軽蔑の眼差し、心ない言葉。心から愛しているのに報われない気持ちを。

しかしなんとも腑《ふ》に落ちた。彼ほどの精霊がミスティアに尽くしてくれたのには、それ相応の理由があったのだ。

「今からは話すことは、あまり知って欲しくはないことだ。だがあなたが知りたいのなら……話すべきだな」

金色の長い睫毛《まつげ》が伏せられる。そうして、スキアはゆっくりと語り始めた。

彼の、理由《かこ》を。

第四章 大精霊

なにか良くないものが燃えている臭い。湿気と、泥に溺れた草の臭いがする。戦場という場所はいつだって臭い。スキアは、一振りの剣を地面に刺し剣を抱え込むように座っていた。

（生まれたときから戦っている気がするな）

スキアという精霊は、九月の嵐の日に落雷が水晶へ落ちた時に生まれた。

キラキラと水晶が弾《はじ》けて、そのとてつもないエネルギーが彼をかたどったのだ。本来精霊はそこらを漂っている不可視の存在だ。それを精霊使いが召喚し、魔力を与えることで初めて容《かたち》が作られる。しかし彼は、精霊使いを必要としないほどの魔力を自らに秘めていた。

主がおらずとも、自らの容を作り自由に魔法を使うことができたのだ。

――落雷が、国を守護していた特別な水晶を砕いたから。その稀《まれ》な現象から、彼は生まれながらにして大精霊としての器を持っていた。

膨大な魔力を持ったスキアの存在は、すぐに王都の魔法使いに察知された。魔力量を抑える術《すべ》など彼が知る由もない。そして彼は城へ連れていかれ、彼の地獄は始まった。

人間はスキアに残酷なほど冷たかった。

守護水晶の破壊により、水晶が防いでいた魔物がそこらじゅうにのさばるようになってしまったからだ。もちろんスキアが望んでわざとしたことではない。しかし人間側から見ればそうとはいかなかった。

お前が壊したのだから、お前が責任を取るべきだ。そんな人間の勝手な理屈で彼は祭り上げられてしまう。

精霊だというのに剣を握らされ、幾日も修練を積まされた。精霊は怪我《けが》をしても魔力があれば修復される。ゆえにスキアは休むことなく戦い続けた。

スキアに選択肢はなかった。

前線に立ち自らも戦い、兵を鼓舞し、光魔法で彼らを癒す。もがれた兵の手足を修復魔法《リカバリー》で元通りに戻す。『精霊様万歳！』と持てはやされる。それが彼にとっての普通となった。

そして応じ続けた彼はいつしか、人とその領土の守護者、アステリア王国の大精霊となった。

(魔物というやつは一体どこから湧いて出てくるんだ？　殺《あや》めても殺めてもキリがない)

スキアはひどく疲れていた。

大精霊に用意された天幕は広い。だが、スキアは端っこの木箱に座り、ただ剣にもたれかかり地面を眺めている。怠慢なのかもしれないが、ここに彼を咎《とが》める者はいない。口うるさい連中は、王都の豪華な部屋でワインを嗜《たしな》んでいるだろう。

今回の遠征は大規模だ。王都周辺に大量発生している『猟犬《ハウンド》』と呼ばれる、厄介な魔物の討伐である。猟犬《ハウンド》は、名の通り犬のような魔物で、黒い肢体に緑の目をしている。

この猟犬《ハウンド》の厄介なところは、『質より量』で、放っておけばとんでもない速さで増殖する。そして、魔物を殺しても死体が疫病をまき散らす。ゆえに死体を埋めれば土地は死に、水は汚染される。人々にも蔓延《まんえん》するので、死体を一々焼かねばならないのだ。

だから、長期の遠征中、スキアはずっとこの『良くないものが燃えている臭い』を嗅がされていた。

(気が滅入《めい》る。助けに行った村々は全滅。生き残りがいたと思えば、妻を猟犬《ハウンド》に突き出し襲われている間に逃げる夫……。なぜだ？　大切なものを裏切って生きていても、人間は平気なのか？)

理解ができない。それ以外にも、とても口では言えないようなおぞましい光景も目にしてきた。役目を放棄して逃げ出そうとした部下も、処刑しなければならなかった。逃げたのは死ぬ前に娘に会いたいという理由であっても。それが人間の決めた軍律ゆえに。

彼が守るべき人々は、薄汚れ、裏切り、罵り合っている。

(俺は何のために戦っている？　……わからない、疲れた。溶けて、消えてしまいたい)

生まれてからというもの安息はない。スキアは心の底から消えてなくなりたいと思った。その時、眩《まばゆ》い光が彼を包みだした。驚いたスキアは、木箱から立ち上がる。その拍子に、剣が床に投げ出された。

「体が透けている……？　なんだ、これは。――まさか」

この現象に、彼は覚えがあった。本で読んだことがあったのだ。だが、生涯ありえないことだと捨て置いていた。確信したスキアは、急いで床に落ちている剣を鞘《さや》に納める。持っていかなければ。

「俺が、召喚されるとは」

精霊は自分以上の魔力を持つ、あるいはその器がある者に召喚される。ゆえに、『大精霊』である彼は自分以上の者はいないだろうと、自惚《うぬぼ》れていた。


瞼越《まぶたご》しに、暖かい陽《ひ》の光を感じる。

ゆっくりと目を開けると、そこには一人の少女がいた。

細い銀の髪。色を付けた砂糖菓子に似た菫《すみれ》色の瞳は、ぼんやりとしている。細い体軀《たいく》、ボロの布切れを纏《まと》い、枯れ枝が人間に化けたようにひどく頼りない。指先はささくれている。頬には煤《すす》が付いていた。スキアは周囲を見渡す。緑の壁紙、所々ひび割れた床。簡素なベッドと窓際に置かれた棚。部屋にはそれだけが置かれていた。

（まさか……彼女が俺の主？　随分みすぼらしい娘だ。ここのメイドだろうか）

目の前にいるが、少女とは目が合わない。彼女は既に三体の上位精霊を召喚し、契約して自らの魔力を分け与えていた。狭い部屋に、ぎゅうぎゅうと男三人がひしめいてなんともむさくるしい。

詰まるところスキアは出遅れたのだ。彼女の魔力を使い姿を見せても良かった。だが、スキアはふと考える。

（このまま姿をくらましておけば、安息を得られるのでは？）

スキアは彼女を利用することにした。

それに三体もの上位精霊と契約しているとなれば、魔力はかつかつのはずだろう。契約できると嘘《うそ》をついて魔力を奪い、彼女を殺すこともできた。しかし彼は命を奪うことに疲れていたのだ。彼女を殺して何になる？　自由を得たところで、なんの目的もない。であれば彼女の、喩《たと》えるならば『幽霊《ゴースト》』となり漂っているのも悪くないだろう。幽霊でいる間は、きっと誰にも見つかることはない。

（王国アステリアの大精霊が、どこぞのメイドに召喚されたとなれば名折れだな）

ふっとスキアが嘲笑する。少女の青白い頬の輪郭が、陽に照らされている。それを彼は冷たい目で見下ろした。

彼が少女に初めて抱いた印象は、『風が吹けば飛んでいきそうな娘』であった。

スキアは、みすぼらしい娘がミスティアという名前であることを知った。

未契約の精霊、『幽霊《ゴースト》』という曖昧な存在である以上、主から離れて過ごせない。そのためにスキアは、彼女の名前以外にもミスティアの現況をいくつか知り得ることができた。

彼女の一日は薪集《まきあつ》めから始まる。

新雪が降り注ぐ早朝に、手を赤くさせながら。それが終わると食事の支度だ。といっても自分の分ではなく、屋敷に住む二人のため。食事を送り届ければ掃除をしたりと、いかにもハウスメイドらしい生活を送っていた。スキアはそれらの行動になんの疑問も抱かなかった。

ミスティア・レッドフィールドが歴《れっき》とした貴族令嬢であると知るまでは。

最初に違和感を覚えたのは、同じ家に住むアリーシャという令嬢が、ミスティアを『お姉様』と呼んだことだ。

(かつ一介の侍女《レディーズ・メイド》が家の帳簿まで管理しているのが不思議だったが、合点がいった)

それらが確信に至ったのは最近である。彼女が時折眺めている、大広間に飾られた肖像画の女性がミスティアの母であると気づいたのだ。

「お母様……」

同じ菫色の瞳。察するにミスティアの母は故人なのだろう。誰もいない大広間で、母を呼ぶ彼女の姿は哀れに映った。父母が亡くなり、叔父に乗っ取られた家に身を置くミスティア。貴族令嬢としての矜持《きようじ》を奪われ、侍女として扱われている日々は確実に彼女をすりつぶしていく。

そして、ミスティアはそれを受け入れていた。

スキアは哀れだなとは思いつつも、自分には関係ないどうでもいいことだと捨て置いた。それよりも、戦場から離れた静かな日々を享受したかったのだ。そして一年、二年と時がただ過ぎていった。

やがてある時、スキアの心に変化が訪れるきざしがあった。

「おい女、いつになったら魔法を使って良いんだ？」

「……申し訳ございません」

燃える赤髪の精霊、シャイターンがミスティアに詰め寄る。

冷たい眼差《まなざ》しは主への親愛の欠片《かけら》もない。ミスティアは俯《うつむ》き、ぎゅっと目を瞑《つぶ》った。

「申し訳ございません、じゃわからねえんだよ！　俺は早く魔物をバーッと倒してえんだ。はあ、なんで俺がこんな役立たずなんかに召喚されちまったんだ。三体もの上位精霊を召喚したのだから、凄《すご》い奴《やつ》かと思ったんだが……。契約するんじゃなかったぜ」

「本当に申し訳ないと思っています。ただ、今魔法を使用されると私の身が持たず、結果的にシャイターン様や皆様の存在が危ぶまれますゆえ……。もっと努力いたしますので、お許しを」

「チッ、主が死ねば精霊も消滅するなんてな、最悪だ」

そう言い残し、シャイターンはミスティアの下を去っていった。

レッドフィールド家の廊下に、ミスティアと幽霊《ゴースト》が残される。彼女は去っていくシャイターンの背中を、引き留めることなくただ一心に見つめ続けていた。そしてスキアはふと『ミスティアはどんな表情を浮かべているだろう？』と気になり、彼女の顔を覗《のぞ》き込んだ。そして、わずかに目を見開く。

そこには、悲しみと、シャイターンへの愛が感じられた。

（あんなにひどいことを言われたのに）

もしかしたらスキアの勘違いだったのかもしれない。だが、その時彼は確かにそう感じたのだ。愛といっても恋慕の類ではない。しかしミスティアはシャイターンたちを愛している。そう思ったとき、スキアの心の底から、何か黒いどろどろとした感情が噴き出した。

（なぜあんな奴らをミスティアは愛しているんだ？　あいつらには、あなたの愛はふさわしくない！　俺ならそんな顔をさせないのに！）

許せなかった。

なぜならスキアは、ミスティアの努力を一番近くで見てきたから。どんなに寒い日も火を絶やさず、家を保持し学び続け、何一つ欲しがらなかった。年頃の娘が経験するべき楽しい時を、ミスティアは精霊へ捧《ささ》げていた。同じ家に住み、立場を乗っ取った義理の妹は享楽に耽《ふけ》っているというのに。口には出さないが、辛《つら》いだろうと察することができた。そして叔父からの暴力にも一人で耐え続けた。精霊たちを消滅させまいと願う一心で。

目ざわりなので叔父を殺してやりたかったが、顕現することは彼女の魔力を奪う。すなわちミスティアの死を招く。

ミスティアは、スキアへ安らぎを与えてくれた。

――たったの一度も言葉を交わしたことはないのに。だが長い年月が、少しずつ氷を解かすように彼の傷を癒した。そしてこの時から、スキアは思ったのだ。

ミスティアの愛を受けられる相手が自分で在って欲しい、と。

スキアは何日も砂漠で彷徨《さまよ》う獣が水を欲するように、ミスティアの愛が欲しくなった。喉がカラカラに渇いて苦しく、どうにかして彼女の視界に映りたくなった。こんなに欲しているのに、精霊たちはただ当たり前に愛されている。それどころか気づきもせずミスティアを疎んじている。

「嗚呼《ああ》、消してやりたい。あなたを苦しめるものすべてを」

そうしたら、ミスティアは自分のことをあの瞳で見てくれるだろうか。視線の合わない彼女の頬を、透ける指先で触れる。いつしかスキアにとってミスティアは、何物にも代えがたい大事な存在となっていた。


「俺は戦いから逃れるためあなたを利用した。虐げられているあなたを助けようともせずに。それなのに、いつしかあなたへ焦がれ俺だけを愛して欲しいと願ってしまった」

学園の長い廊下に、スキアの悲しげな声が響き渡る。

その声を聞きながら、ミスティアは一人胸を撫《な》でおろしていた。

(正直……拍子抜けした。スキアが大精霊様だというのは薄々気づいていたし。契約破棄をお願いされるんじゃないかと心配したけれど……)

ミスティアは、自分を見下ろす美しいコバルトブルーの瞳をじっと見つめた。水晶から生まれたと言われ、彼女はしみじみ納得してしまう。どこをとっても完璧に美しい彼は正に鉱物のよう。

(それにしても、守護水晶の破壊はスキアのせいじゃないのに。ずっと戦わされてきたなんて

ひどい話だわ）

「甘い夢だった。幕引きだな……愛している」

すべてを諦めた声色。スキアはそう言うと、ミスティアの白い頬に手を添えぐっと体を近づけた。スキアの整った唇が、彼女のそれに重なりそうになる。

（あ、口づけされる――）

ミスティアはぎゅっと目を瞑る。だが唇が重なりそうになった寸前、スキアの動きがピタリと止まった。おそるおそる目を開くと、苦悩に満ちたスキアの瞳が目に入った。このように悩ましい視線を向けられたら、鈍いミスティアでも察してしまう。

（愛というのは主人へ向ける愛ではなく……）

ミスティアはくらくらした。

きっと今自分は、耳まで真っ赤だ。愛を告げられて心がふわふわとおぼつかない。ミスティアの心は浮き立っていたが、反対にスキアは悲しげに顔を歪《ゆが》めていた。乱暴に唇を奪おうとした張本人なのに、まるで被害者のようである。

（スキアに泣いて欲しくないな。できればこの先ずっと）

そう思ったらすとんと何かが腑《ふ》に落ちた。ミスティアは、やっとのことで喉から声を絞り出す。

「貴方《あなた》が何を考えているか、わかってしまいました」

呟《つぶや》いて、ミスティアは泣きそうな表情を浮かべるスキアへ、そっと唇を重ねた。

彼の唇は日陰の岩肌に触れたように冷たかった。やっぱり水晶から生まれたからなのかしら、と頭の片隅で思いながらミスティアは微笑《ほほえ》む。

思い人から口づけを送られたスキアは、目を見開いたまま固まってしまっている。ミスティアは言葉を続けた。

「私に正体を明かせば、このままではいられなくなる。でも後ろ暗い気持ちでいるのに耐えられなかった。だから最後に口づけして、いい思い出だけ残して、もし契約破棄を言い渡されたら甘んじて受け入れよう……とかでしょうか。できなかったようですけれど」

「っ」

スキアの肩が揺れる。

本当に、精霊というものは勝手だなとミスティアは心の中で毒づいた。まっすぐで、激しく、しかし何よりも貴い。

ゆえに愛さずにはいられないのだ。

「私がスキアを愛しているとは、少しも考えなかったのですか?」

こてん、とミスティアが首を傾《かし》げる。

しばしの沈黙。やがて話の内容を理解したスキアの顔が、ぼぼぼ、と真っ赤に染まっていった。

「な…………あなたが、俺を、愛し……!?」

「はい、愛しています」

臆病な自分から信じられないほど素直な言葉が出る。

あの星の見えない夜に、彼がミスティアを死の淵《ふち》から救ってくれた時から或《ある》いは——惹《ひ》かれていたのかもしれない。

精霊たちに裏切られ不安を抱える彼女に、スキアはいつだって優しかった。主従というには甘く、婚約者というには気安くない——。そんな距離感が、心地よくて。

スキアの愛が重すぎる部類であるのはわかっていたが、ミスティアはそれを受け入れた。

信じられないとスキアが口をぱくぱくとさせる。初めて見る彼の素振りに、ミスティアは思わずくすりと息を漏らしてしまう。男性に対して失礼だが、その様子はなんとも可愛《かわい》らしく映った。

「だがっ、あなたが俺に笑いかけるのは、最初にそう約束したからだと……。もしや律儀なあなたのことだ。俺を愛していると言うのも、俺に優しくするためにではないのか？　というかこれは都合のいい夢なのでは」

手で顔を覆い、ぶつぶつと何かを呟き始めるスキア。

(思ったよりも疑《うたぐ》り深い！)

どうやら彼は目の前の現実を受け入れられないようだった。

見かねたミスティアは頭を抱える彼に、そっと耳打ちする。

「あの、スキア。これは現実です。それにちゃんと貴方のことを愛しています」

「……っ」

甘い耳打ちの破壊力に、スキアは勢い良く顔を上げた。見つめ合う二人ともが真っ赤に頬を染めていて、なんとも言えない空気が流れる。

「すまない、もう一度言ってくれないか」

「これは現実です」

この期に及んで鈍い。

「……その後だ」

「スキアを、愛しています」

ミスティアがそう言うと、スキアはぎゅっと彼女を抱きしめた。突然のことにミスティアは驚くが、やがてそうっと彼の背に自らの手を回した。

「ミスティア。俺もあなたを愛している……おそらくあなたが想像しているよりもずっと深く」

「嬉《うれ》しいです」

「わかっていないな。俺はあなたのためなら文字通り何でもする男だ。そして本当は恐ろしく嫉妬深く醜い。かつての舞踏会だって、あなたに触れた男の指先を切り落としたかったくらいだ」

「それは、止《や》めて欲しいです。でも……そういうところも含めて、愛《いと》おしいと思っていますよ」

体が離れ、ミスティアの細い両腕にスキアの大きな手が添えられた。

（またその目……）

まるでこの世で一番自分が尊い存在だと、錯覚させられそうになる視線。その温かい視線が、かつての虐げられていたミスティアを抱きしめた。

寒い部屋で震えながら、死にかけていた少女の白い吐息ごと。

「俺もあなたのすべてが愛おしい」

ミスティアが彼へ返事をする前に、二人の唇が重なった。

壊れ物を扱うように触れられて、ミスティアは泣きそうになる。幸せすぎて悲しいなんてとても贅沢《ぜいたく》だな、と独り言《ご》ちながら。

「今、何と仰《おつしや》いました？」

所変わって、学園の医務室。

白を基調とした広い部屋は、殺風景だが清潔感を覚えさせる。医務室特有の消毒液の匂いが漂い、少しでも匂いを消すためか、幾つかの窓は大きく開かれていた。

医務室にいるのは三人。アリーシャと彼女の精霊シャイターン。そして学園付きの医者を含めた三人だ。彼は机に向かって、カルテに何かを走り書きしている。

そよ風を頬に受けながら、アリーシャは医者の言葉を待った。やがて彼がペンを置き、口を開いた。

「ですから、貴方の病状は『魔力欠乏症』です。平たく言えば魔法の使いすぎですよ。稀に新入生が運ばれてきますが多くは軽傷、しかし貴方は重症だ」

アリーシャと、傍《そば》に控えていたシャイターンが目を見開く。彼女は焦りすぎて乾いた笑いが出た。

「ちょ、ちょっと待ってください。魔力欠乏症ですって？　私は上位精霊を三体、余裕で維持できる魔力を持っているのですよ？」

納得いかない様子のアリーシャに、医者が頭を掻《か》く。彼は椅子を動かしてアリーシャの方へ向き直り、言い聞かすように人差し指を振ってみせた。

「いいですか、魔力っていうのは、使えばすぐ回復するものじゃないんです。まあ……回復速度も人によりますがね。貴方の場合、魔力量はあっても人より魔力回復速度が遅かったのでしょう。魔法を使えば当然魔力は減る。それで回復しない状態で次の魔法を使い続ければ、どうなります？　当然魔力切れを起こす。最初はふらっとする程度ですが、それを放置すれば症状はもっとひどくなります。終《しま》いには回復速度さえ更に著しく減ってしまう、悪循環に陥る」

告げられた言葉に、アリーシャは目を白黒させた。

まさか、『魔力回復速度』が人よりずっと遅いだなんて、考えたこともなかった。彼女の矜持がガラガラと音を立て崩れていく。

「そんな……！」

ただでさえ青かったアリーシャの顔が更に血色を失う。医者は言いにくそうに言葉を続けた。

「魔力がもし目に見えて、ゲージに喩えるなら、貴方の魔力ゲージは限りなくゼロに近い。回復速度も遅くなっています。これ以上魔法を使えば最悪死にますよ」

「死――」

アリーシャは頭が真っ白になった。再びくらくらとしてしまい、手で額を押さえる。なぜ、こんなことになってしまったのか。アリーシャはふと、レッドフィールド家の邸宅でのシャイターンの姿を思い出した。練習と称して、楽しげに魔法を打ち放っていた姿を。

(シャイターンやあの使えない精霊たちが、何も考えずに魔法を使ったせいよ……!)

アリーシャは、傍に控えていたシャイターンをギッと睨《にら》みつけた。恨みがましい視線を送られ、シャイターンはビクリと肩を震わせる。

「な、なぜそんな目で見る?」

アリーシャに敵意を向けられ、シャイターンは戸惑いを隠せない。いつだってアリーシャは彼に優しかった。『貴方様は素晴らしい上位精霊です。その崇高なるお力を世に知らしめなければ!』と欲しい言葉もくれた。彼は何よりも強さを望んでいる精霊だから。

シャイターンはそんなアリーシャの期待に応えてきたはずである——そう彼は考えていた。

だがアリーシャは、彼にとんでもない言葉を口走った。

「私がこんな目に遭っているのは貴方のせいよ! 使えないくせに魔力を吸うことだけは一人前の寄生虫が!」

「何だと……!?」

ひどい罵倒にシャイターンが顔色を変える。アリーシャは目に光を失い、錯乱して叫び始めた。

「ねえ先生! どうしたら助かりますか!? 今だって魔力をこいつらに吸われているんで

すっ！　何か方法はないの!?」

「アリーシャ嬢、落ち着いて」

彼女は窮地に立たされていた。

精霊が望まない限り、人間の一方的な都合で彼らを消滅させることはできない。かといってこのまま契約を続けていてもじり貧だ。契約し続ける限り、彼女は精霊たちに魔力を分け与えなければならない。どちらにせよ行きつく先は死。突然、死を宣告された彼女がパニックになるのも無理はなかった。

一方、寄生虫と罵られたシャイターンは、凄《すさ》まじい怒りを燃え上がらせていた。彼は元来カッとしやすい性質なのだ。アリーシャへの親愛はどこかへ消え失《う》せ、力任せにぶってやりたいという衝動が彼を襲う。

（この俺を矮小《わいしよう》な虫扱いしやがって……！　ふざけるんじゃねえ……っ！）

寸前のところで、動きそうになった手を押さえるシャイターン。彼は拳をぐっと握りしめ、アリーシャへ叫んだ。

「お前が無能だからこうなったんだろう！　自業自得の癖に、罪を擦《なす》り付けるとはふてぇ女だな!?　チッ、全く損なもんだぜ。お前が俺を騙《だま》したから、ミスティアに契約破棄されたんだ！……ミスティアがあのまま主だったら良かったのにっ！」

それは、絶対に言ってはいけない言葉だった。

「なんですって……!?」

それを皮切りに二人はお互いを激しく罵り始めた。見かねた医者が止めるように注意するも、言葉は届かない。彼はゆっくりと後ずさる。これはもう自分の手に負えないと判断したのだ。医務室を後にする医者にも気づかず、アリーシャとシャイターンの罵り合いの応酬は勢いを増していく。

その時であった。

バタン！　という騒がしい音と共に、再び医務室の扉が開かれる。口論を続けていた二人は、思わず扉へと目を向けた。そこにいたのは、意外な者であった。

「ハアッ……！　ハアッ……！」

水の精霊アリエル。

息は激しく、ひどく消耗した様子である。アリエルは足を引きずりつつ、やっとのことでアリーシャのもとへとたどり着いた。彼はたどり着いた安心で体から力が抜けたのか、そのまま床へと倒れ込んでしまった。

ドサリという鈍い音に、アリーシャが我へと返る。

「ア、アリエル様!?」

「アリーシャ……助けてくれ」

普通ではない彼女の精霊の様子に、アリーシャは戸惑う。顔を青ざめさせ床に伏すアリエルを見て、彼女は思わず口元を押さえた。

――右腕がない。一体彼に何が起きたのだろうか。アリーシャは嫌な予感がして、一歩後ずさる。

「これはどうされたのです……？」

「どうかお願いだ、今すぐ君の魔力を私に分けてくれないか……そうすれば、右腕は元に戻る」

「えっ」

アリエルの言葉を聞き、アリーシャは身をこわばらせた。彼女は今しがた『魔力欠乏症』で死の危険が迫っていると忠告されたばかりである。そのアリーシャに、彼は『魔力を分けてくれ』と言う。わかりやすくアリーシャは顔を曇らせた。

「無理ですわ、他の方法をお探しください」

「……？」

冷たい声色。息も絶え絶えなアリエルは、主の言葉を一瞬理解することができなかった。

「どういうことだい……？　他に方法はない。早く、君の魔力を――」

「っ、なんで私が魔力をあげなきゃいけないのよ！　自分で何とかして！」

突然豹変《ひょうへん》したアリーシャに、アリエルは目を見開いた。今、彼女は何と言っただろう。

――精霊契約は聖なる契りだ。契約した以上、主は精霊を慈しんでしかるべきである。アリエルは当たり前にそう考えてきた。そうだ、ミスティアだって、身を削って自分に尽くしてくれてきた。だからアリーシャが自分に傅《かしず》くのは当然のことなのである。――なのに。

「どういうつもりだい……？　君は主としての責務を放棄すると？」

「おいアリエル、この女に何を言っても無駄だ」

シャイターンが嘲笑を浮かべながら吐き捨てる。アリエルは驚く、シャイターンとアリーシャはとても仲睦《なかむつ》まじかったはず。

「あんたたちのせいで苦しんでるのに、なんで私が身を削ってまで助けなきゃいけないのよ!?……ああ！　ひらめいたわ。このままアリエル様が消えてくだされば、私の負担がきっと減りますわね」

赤い唇を歪ませて、アリーシャがにっこりと笑った。これには、シャイターンもアリエルも驚きで言葉が出ない。

「……っ!?」

「良かったあ。ミスティアが契約は『一度きり』なんて言って誓約をつけるから、どうしようかと思っていたのです。肩の荷が下りましたわ」

目の前の女は、一体何を言っている？

アリエルはカタカタと身を震わせた。理解したくない、したくないが――。彼が主と仰いでいるアリーシャは、アリエルを見殺しにしようとしている。それどころか、彼の来る死を喜んでさえいないか。

悔しくて、アリエルは斬られていない方の腕で拳を握る。

「貴様……！　自分の言っていることがわかっているのか!?」

「てめえ、ふざけるんじゃねぇぞ……」

二人の精霊に凄まれて、アリーシャが自分の体を抱きしめる。

「きゃ、怖いです。お願いだから、早く消えて？」

可愛らしく小首を傾げるアリーシャ。それを見て、アリエルは背筋が凍り付いた。

（この、女は。我々精霊を道具だとしか思っていない）

罪悪感を全く伴わない振る舞いに、アリエルは押し黙る。そして自らの消滅を覚悟した。薄れゆく景色の中、脳裏に浮かぶのはただ一人。薄い菫色の愛しい瞳。あの眼差しだけが、彼を満たしてくれた。きっと彼女なら、命を失っても彼を助けようとしてくれただろう。

（ミスティア、すまなかった）

その時、突然強い風が吹いた。アリーシャとアリエルは驚いて身構える。すると三人だけのはずの部屋に、ある者が現れた。

「シ、シシャ様!?」

「……やっと本性を現してくれて嬉しいぞ、我が主殿。風魔法で今のやり取りの声を保存させていただいた」

「なっ」

アリーシャの顔からさっと血色が失せる。正に形勢逆転という事態に、アリエルはほっと息をついた。虫の息の彼を見下げてシシャが再び口を開く。

「この魔力回復薬を飲んで彼を治してやれ」

(魔力回復薬ですって!? 高位貴族にしか流通していない貴重な魔法薬のはず)

思わずアリーシャの喉がごくり鳴る。本音を言えば、涎《よだれ》を垂らすほど欲しい品だ。しかし――。

シシャは懐から小瓶を取り出し、アリーシャの方へと放った。しかし受け取られなかった小瓶が、床にゴトリと音を立て落ちる。小瓶を横目に、アリーシャはシシャを睨みつけた。

「お断りするわ。本当に回復薬かどうかわからないですもの」

「……言っておくが貴方に選択肢はない。やらなければ先ほどの会話を学園長へ報告させていただく。しかれば速やかに貴方は拘束され、精霊を消滅させようとした罪で投獄されるだろう。

故意の精霊殺しは死罪だが、それでもよろしいか？」

淡々と事務口調で話すシシャに、アリーシャは怒りで顔を赤くさせる。

「貴方……！　それが主に対する態度!?　こんな得体の知れないものを飲むなんて絶対に嫌よ！」

「安心して欲しい、毒ではない。貴方が死ねば困るのは精霊である俺たちだからな。少し考えればわかること……時間がない。飲まないと言うのであれば、残念ながらこの件を告発させていただく」

「ま、待って！」

シシャが踵《きびす》を返すそぶりを見せると、アリーシャはその場に膝をついた。シシャが振り返ると、そこには顔面蒼白《がんめんそうはく》の主の姿。しかし彼の瞳には一切の慈悲がない。

アリーシャは恨みがましい視線をシシャに送りつつ、床に転がっている魔力回復薬をおもむろに拾い上げた。蓋を開け、一瞬ためらうが瓶の中身を一気に呷《あお》る。

彼女は生きた心地がしなかった。だがしばらくすると体にある変化が起きたことに気づく。

「体が軽い……本当に回復薬だったのね。せっかく体調が良くなったのに魔力を使わないといけないなんて……。ねえ、アリエル様を治したらさっきの魔法は消してくれるんでしょう？」

「先ほども言ったが貴方に交渉できる余地はない。早くしてくれ」

彼女の媚《こ》びへつらう声色に、シシャは顔色一つ変えない。アリーシャは小さく舌打ちして、アリエルの腕に手を添えた。そして先ほど回復した魔力を彼へ送り込む。それは彼女にとって不本意ではあったが仕方ない。

するとどこからともなく水が現れ、アリエルの腕をかたどった。更に魔力が送り込まれれば、あっという間にアリエルの腕が元に戻っていく。顔色も血色を取り戻し、なんとか消滅は免れたようだった。

「はあ、はあ……これでいいんでしょう」

「ああご苦労様。さて我が主、一段落したところでだが。今から貴方にはあることに協力していただきたい」

その言葉を聞いたアリーシャが、びくりと肩を揺らす。

「これ以上、私に一体何をさせるつもり？」

不安げな彼女にシシャは初めて微笑んだ。そしてしばらくの沈黙の後、ゆっくりと口を開く。

「貴方の父であるミハエル・レッドフィールド卿《きょう》の断罪だ。……彼が犯した罪を認めさせる。さて貴方の父は、自分の命と娘の命……どちらへ天秤《てんびん》を傾けるかな」

ある遠い、在りし日のこと。

王国中を忙《せわ》しく駆け回る、ミスティアの母セルビアと彼女の精霊であるシシャは、任務を終えた後の帰路についていた。年に数回しか会えない愛娘《まなむすめ》をやっと抱きしめられる。夫が迎えに来てくれた馬車の中で、セルビアは笑みを浮かべた。

浮かべて、いた。

小さなうめき声と、木片がパラパラと舞う音が聞こえる。

シシャは、腕の中で愛する主人《あるじ》が息絶えてしまうのを、ただ見つめることしかできずにいた。不幸な事故だったのだ。馬車が崖上から落ち、その高さから風魔法さえも衝撃を防ぎきれなかった。

「シシャ……私の愛しい精霊様。そこに、いるの……？」

「セルビアっ……！　ああ、ここにいるとも」

セルビアの震える手が空に差し伸べられ、シシャがその冷たい指をきつく握りしめる。血が滑って滴り落ち、また落ちていく。シシャは自分の力不足を呪った。彼女の傷を癒すことも痛みを取り除くこともできない。セルビアはもう目が見えていないのか、ぼうっと焦点の合わない瞳を彷徨わせた。

「あの人は無事……？」

あの人とはセルビアの夫のことだ。

シシャが彼女の隣に視線を向けると、既に息絶えたセルビアの夫がいた。

「……ああ、無事だよ。医者に診てもらっているから今は会えないけれど……」

シシャはとっさに嘘をついた。彼の言葉を信じたセルビアが、良かったと緩やかに微笑む。

シシャは気取られないよう静かに涙を流した。血と涙が混ざって、どんどん彼女の命を流れさせ奪っていく。

「ミスティアに愛していると……」

うとうと、とセルビアが目を瞑る。握っていた手がぬるりと滑り、地に落ちた。

魔力供給が徐々に絶たれていく。シシャの体は透け、不可視の存在へなりつつあった。彼が失意に嘆いていると、不意に遠くの方から声が聞こえた。

「おい、見つけたぞ！」

男の声。シシャは喜びで笑みがこぼれた。

（助けだ！　助けが来たんだ！）

複数の声が聞こえる、どうやら数人いるようだ。男たちに声をかけようとするが、既にシシャは実体がない存在になってしまっていた。

（くそ……！　俺たちはここだ！　セルビアを助けてくれ……！）

そんなシシャの願いが届いたのか、男たちが彼らのいる馬車にやってくる。全身黒ずくめで顔も隠れているが、今はそんなことはどうでもいい。シシャは安堵《あんど》に表情を緩ませた。

しかしその時、黒ずくめの男は思いもよらぬ言葉を言い放った。

「よし、ちゃんと死んでいるな」

（…………な、に？）

これは不幸な事故だ、そのはずだった。

シシャに気づかなかった男たちが踵を返し立ち去っていく。彼の頭の中にぐるぐるといろんな情報が交ざり合った。シシャの心の中に生じた怒りと憎しみが、足先から頭上へと立ち上っていく。

（事故じゃない。セルビアたちは殺されたんだ！　一体誰が……夫妻は恨まれるような人柄じゃない。彼女たちが死んで得する者……）

シシャの脳裏に、パッとセルビアの夫の弟の顔が浮かんだ。

よく男爵家に訪ねてきては、セルビアの夫と喧嘩《けんか》していた様子を思い出す。『俺が当主になるべきだ！』といつも居丈高に叫んでいた。彼ならば、もしや。

シシャは腕の中に眠るセルビアをぎゅっときつく抱きしめる。やり切れない憎しみの中、消えるしかないのか。すべてを呪いながら、彼は完全に実体を失い、やがて不可視の存在へと変わっていったのだった。


シシャが目を開くと、そこには紫水晶《アメジスト》を瞳に宿すちっぽけな少女がいた。彼はその少女があまりにもセルビアにそっくりだったため、ここは天国で、彼女と再会できたのだと一瞬心が浮き立った。

だが彼女をよく見てみれば、その少女がセルビアではなく彼女の娘、ミスティアであると気が付く。シシャは自分の愚かさに思わず自嘲した。

(精霊が天国などと……馬鹿らしい。まさかセルビアの娘に召喚されることになるとは……)

シシャは一瞬、契約を断ろうと考えた。しかし彼の復讐心《ふくしゅうしん》がそれを拒む。苦しくとも成し遂げなければならない目的があったのだ。

セルビアを殺した者の正体を必ず暴き、報いを受けさせたい。だが精霊が人を殺めれば、主人であるミスティアも罰を受けるだろう。そのためシシャは復讐の実行を思いとどまった。それが身を引き裂かれるくらいに苦しい選択だとしても。

ふと彼はミスティアが生まれた時のことを思い出す。小さくて、柔らかくて、触れれば壊れてしまいそうな存在。人差し指を差し出せば、ミスティアはぎゅっとシシャの指を握った。瑞々《みずみず》しいガラス玉のような瞳が、ぎこちなく微笑む彼を映し出す。

その時、彼は思った。この小さな赤子が幸福そのものなのだと。セルビアがミスティアを見つめる瞳が美しくて、胸が締め付けられる。この幸福を守らなければならない。父と母、そして彼らの子を。

そう誓ったのに、セルビアたちを守れなかった。ならばせめて、彼女たちが遺《のこ》した『幸福』を守らなければならないのに。憎しみが邪魔をしてミスティアを愛おしむことができない。

(ああミスティア。セルビアに生き写しの貴方が愛おしい。……そして同時にこの上なく憎らしいよ)

愛しい、憎い、愛しい愛しい、憎い。その複雑な感情の燻《くすぶ》りによって、シシャはミスティアへ優しく接することができなかった。彼女が主でなければ良かったのに。セルビアの死を過去にしたくなくて、ミスティアと彼女の思い出を語ることもできず、時は流れていく。

精霊使いとして忙しく駆け回るセルビアが、どんなにミスティアに会いたがっていたか。遠征先で菫の花かんむりを作り、あの子に似合うかしらと首を傾げていた彼女が、どんなにミスティアを愛していたか。

ミスティアに伝えたかったのに、喉が詰まって言葉にできない。

(ミスティアに打ち明けるか？　貴方の母は殺されたのだと。……いや、そんなことを伝えて何になる？　彼女の叔父へナイフを突き立てろとでも言うのか？　馬鹿な、彼女を巻き込むなどあってはならないことだ)

シシャは苦しくて、いっそミスティアにこの世から消してもらいたいとさえ願ってしまう。

追い詰められていくシシャはとある日、ミスティアと二人きりになる機会があった。セルビアがよく腰かけていたベンチが置いてある裏庭で、ばったり顔を合わせてしまったのである。

シシャが冷たい態度をとるにもかかわらず、いつもミスティアは懲りずにシシャへ話しかけてきた。そして今度も、ミスティアは恐る恐るといった様子で、シシャへそっと語り掛ける。

「お母様は、良くこのベンチに腰かけて本を読んでいらっしゃいましたね」

「……」

「あの、シシャ様」

「……っ、俺にもう話しかけるな！　内心では、母を守れなかった俺を責めているのだろう！俺は貴方の望む言葉をあげられない。俺の主は永久にセルビアだけ。彼女よりずっと劣っている貴方を、断じて主とは認めていない！」

そう吐き捨ててしまった後で、シシャはハッと目を見開いた。

(なんてことを言ってしまったんだ。ミスティアは、セルビアを守れなかった俺を一度も責めなかったのに。心優しい彼女を俺は……)

傷つけた。ひどい言葉を浴びせられたのに、ミスティアはただ無表情で俯くのみ。今にも泣き出しそうな表情を浮かべているのはシシャの方であった。すまない、という言葉を呑《の》み込み、シシャは逃げるようにその場から去っていく。そしてこの時より、ミスティアがシシャへ話しかけることは一切なくなった。

それから幾日か経《た》ち、シシャは相変わらず鬱々とした日々を送っていた。しかしある日転機が訪れる。

「なあ！　俺たちの主人はミスティアじゃなく、アリーシャがふさわしいと思わねえか？　あの女の無能さにはほとほとうんざりする。お前たちもそうだろう!?」

主を鞍替《くらが》えしたいというシャイターンの提案である。本来であれば考えられない浅はかな暴挙だ。シャイターンの愚昧さに吐き気さえ催した。しかもセルビアの愛娘であるミスティアを、明らかに虐げているアリーシャを主に据えたくはない、しかし。

(主人がミスティアでなくなれば、俺はセルビアの仇討《かたきう》ちができる！)

シシャはその提案を受け入れた。彼女を慕っているように見えた、アリエルさえ賛成したのには驚いたが。こうして、ミスティアは心から大切にしていた精霊たちにことごとく裏切られてしまったのである。

アリーシャの父ミハエル・レッドフィールド卿は、娘アリーシャを溺愛していた。そのためシシャは今の主であるアリーシャを利用することを考えつく。

(アリーシャの弱みを握り、それを材料にミハエルを脅せば、きっと罪の自白をさせられる)

直接本人《ミハエル》に尋問しても良かったが、もし邪魔が入りでもしたら復讐の機会が永遠に失われてしまうだろう。

やるなら慎重に、徹底的に計画を練らねばならない。

アリーシャの弱みを握るために彼女を観察していたら、やっと本性を現してくれた。

心が躍る。ああこれで、セルビアの仇を討つことができるのだ。シシャは昏《くら》く微笑んだ。ミハエルと彼の愛するアリーシャを、必ず地獄に落としてやる。

第五章　断罪劇

（何だか、物凄《ものすご》く見つめられている気がする……）

　ここは学園の図書館。ミスティアとスキアは心を通わせ合って以来、特にこれといった進展はなく日々を過ごしていた。椅子に座って魔術書を読むミスティアと、それを見守るスキア。ただただ穏やかな時間が流れる。

『愛はね、眼差《まなざ》しに宿るものなのよ』

　ふと、ミスティアは懐かしい声を思い出した。幼少期のかすかな記憶。

　かつて母が恋物語を読み聞かせてくれたある夜のこと。精霊使いであるミスティアの母セルビアは、忙しくてほとんど家に帰ってこない。だからミスティアはもう一度本を読んで欲しくて、部屋から出ていこうとした母のドレスを握る。すると母は何を思ったか、ミスティアの髪を撫《な》でてこう言ったのだ。

『恋をするとね、自然とその方を見てしまうの。そしてそのうち、その方がいない時も心で見つめてしまうようになる。愛はね、眼差しに宿るものなのよ。ミスティアにもきっとそんな方が現れるわ』

ふーん、そうなの。

ミスティアはいまいちピンとこなかった。だって誰かのことをずっと見ていたら本だって満足に読めないだろうし、道を歩いていても上の空できっと転んでしまう。幼いミスティアは、恋って不便だなと心で悪態をついた。

でも、そういえばお母様はお父様とよく見つめ合っているなあ。

いつか訪れる恋がそんな風に温かいものであれば、恋も悪くないのかも。

夏の嵐みたいに激しくなくていい、ただ穏やかな。

過去に思いを馳《は》せていたミスティアは、手元の本をパタンと閉じた。そもそもスキアのことばかり考えてしまって内容が全然入ってこない。ふと顔を上げ、スキアの方へ目を向けた。

「……っ」

目が、合う。

優しく目元を細められて、ミスティアはドキリと胸を高鳴らせた。

(もしかして、ずっと見られてた?)

「今日はもう終《しま》いか？」

「ひゃ、はい」

かんでしまう。顔を赤くして挙動不審なミスティアに、スキアは眉をひそめた。

「様子が可笑《おか》しいが、体調が悪いのか？　そうであれば光魔法で――」

「いえ、すこぶる健康です。お気遣いなく」

「……そうか、なら良いのだが」

しばしの沈黙。すると、スキアがミスティアへ歩み寄った。磨《す》りガラスから差し込む柔らかい陽《ひ》の光が、彫刻めいた彼の輪郭を浮かび上がらせる。

睫毛《まつげ》が金色にキラキラと反射した。白皙《はくせき》はなめらかで傷一つなく、顔のパーツは完全に左右対称。すべてが完璧に美しい。絶世の美丈夫である。

（こんなに綺麗《きれい》な精霊が私のことを愛してくれているなんて……信じられない）

「あなたに、触れても良いだろうか」

声には緊張が含まれていた。それとわずかな気後れも。この美しい恋人は、どうやら本当にミスティアを愛してくれているらしい。ミスティアは声を出せず、こくんと一つ頷《うなず》いて見せた。

するとスキアはパアッと花が咲いたように喜色をあらわにする。

（か、可愛《かわい》い。綺麗なのに可愛いって、ずるいわ）

スキアの長い指が、ミスティアの頬にゆっくりと触れる。

「夢みたいだ」

頬を染めながらそう呟《つぶや》くスキアに、ミスティアの心臓がドクドクと音を立てた。彼女は心が蕩《とろ》けて思わず、すり、とスキアの掌《てのひら》に頬を寄せてしまう。

スキアは固まった。

「あなた、は。ずるい。ああ、可笑しくなりそうだ。抑えが利かなくなる」

三度目の口づけがミスティアへ落とされる。

「愛《いと》しいあなたに触れることができて、見つめてもらうことができて、あまつさえ愛を賜ることができるなんて。こんなに幸せなことがあってもいいのだろうか」

どろどろに煮詰めた糖蜜のような眼差し。ミスティアはスキアの甘すぎる言葉に視線を彷徨《さまよ》わせた。同じことを彼女も思ったが、到底口に出すことはできない。

(心臓がもたないのだけれど)

固まっているが内心激しくあわてふためいているミスティアに、スキアがぷっと噴き出した。

ミスティアはきょとんと彼を見返す。

「考えていることがずいぶん表情に出るようになったな」

「へ……顔に出ていましたか?」

恥ずかしくてミスティアは頬に手を当てた。そんな幼子のような可愛い仕草に、スキアは再び胸を打たれる。

(可愛らしいと言えば、ミスティアはまた照れてしまうだろうか)

愛しい思い人を困らせまいと、スキアは言葉を呑《の》み込んだ。彼にとってミスティアは平和そのものだ。忌むべき戦場の醜さとはかけ離れた存在。

(あなたを永遠に守り続けたい。たとえ何があっても)

絶対にミスティアを傷つけたくない。かつて自分が身を置いていた残酷な世界には、彼女を関わらせてはいけない。そんな強い思いがスキアを支配した。

だが、顕現し続けていればいつかは彼の正体は露見してしまうだろう。光の大精霊だと指をさされるのは時間の問題だった。しかしこの穏やかな時を今しばらく享受したい。スキアの心に切なさがいっぱいに広がる。

(あなたとの幸せなときは、いつまで続いてくれるのだろうな)

すると突然、スキアの甘やかな視線がミスティアから逸《そ》らされた。

「なにやら廊下が騒がしいな」

そう言うが、ミスティアの耳には何も聞こえない。だがしばらくした後、ミスティアにもその雑踏の音が聞こえだした。どうやら大勢の生徒たちがどこかへ向かっているようだ。

「何かあったのでしょうか？」

「……そのようだ」

スキアは嫌な予感に眉をひそめた。まさかとは思うが、もう正体が露見してしまったのだろうか。もしそうであれば、自分はこの愛しい人の手をためらいなく解《ほど》くことができるのだろうか。

（わからない。ミスティアにあの地獄を見て欲しくないのに、傍《そば》にいて欲しいと望んでしまう自分がいる）

ミスティアが席から立ち上がると、図書館の扉から慌てた様子のアイリーンが飛び出してきた。その切羽詰まった表情にますますスキアは顔を曇らせる。アイリーンはミスティアたちを見つけると、一目散に主人のもとへ駆けた。

「ミスティア様！　大変です！」

この先を聞きたくない、とスキアが顔を歪《ゆが》める。

「貴方様《あなたさま》の叔父上と妹君が、学園の大広間で罪を告白すると喚《わめ》きちらしているようです……！」

「へ……!?　罪の告白!?　まさか私が精霊を虐待してるとか？」

「いいえ、ミスティア様。どうやら違うようです」

それでは一体誰の、何の罪を告白すると言うのだろうか。不安げなミスティアとスキアへ、彼女が口にしたのは予想外の言葉だった。

「自らが犯したという罪を、告白するようなのです」

「!?」

ミスティアは息を呑み、スキアはホッと小さく胸を撫でおろした。

しかしミスティアは腑《ふ》に落ちない。彼女の記憶の中の彼らは、自分のやったことを後悔するような者たちではないからだ。もしかしたら、ミスティアを陥れようと何かを企《たくら》んでいるのではないか。とにかく、彼らの本心を自分の目で確かめた方がいいだろう。

「私たちも大広間へ向かいましょう」

「……わかった」

スキアは乗り気ではない様子だが、渋々といった表情で了承する。このままミスティアを攫《さら》って逃げようかと本気で迷っていたのだ。だがそれを実行すれば、彼女は永遠に日陰を歩むことになってしまう。

決断しなければならなかった。

もしこの先ミスティアの身に危険が迫るようなことがあれば、彼女から離れなければならないと。

「私はレッドフィールド家当主っ！　ミハエル・レッドフィールド男爵である！　今より自らが犯した罪をこの場において打ち明けたいっ！」

ひどく自暴自棄で、耳をつんざく大きな声。

学園の大広間の中心で、ミハエルが膝をつき髪を振り乱している。やけくそといった様子で、先ほどの言葉を壊れた機械仕掛けのおもちゃのように繰り返し叫んでいた。長時間大声を出していたせいで、口からは涎《よだれ》が滴り光っていて見苦しい。

それを大勢の生徒たちが取り囲み、何ごとかとざわめいている。

ミハエルの後ろにはアリーシャとその精霊たちが控えていた。その誰もが顔を歪めてミハエルから視線を逸らしている。――ただ、シシャ以外は。じっと冷たい目で彼を見つめていたシシャが、ふいに口を開く。

「もう十分集まったようだな。さあ、ミハエル・レッドフィールド卿《きょう》。皆の前で貴方が犯した罪を告白してくれ」

「……っ！」

「お父様……！」

アリーシャは断罪されようとしている父へ、嘆きに満ちた視線を送った。その姿は周囲の哀れを誘うが、シシャだけは彼女の本心を見透かしていた。

(本当は安心しているんだろう、アリーシャ。断頭台に立つのが自分ではなくて良かったと)

シシャの侮蔑を含む視線を浴びながら、ミハエルは膝の上の拳をぎゅっときつく握りしめた。

誰もが好奇の目で彼を見つめ、今か今かと彼の告白を待ちわびる。しん、と辺りが静まり返った。

「私は……私は……姪《めい》であるミスティア・レッドフィールド嬢の父母を陥れ命を奪った……っ。すべては、当主の座を奪うために……っ」

その言葉に、強いざわめきが上がる。

喧騒《けんそう》の中でミスティアは静かに目を見開いた。父母は、事故で亡くなったわけではなかった？

「……ということだ。貴様は当主を手にかけるだけにも飽き足らず、精霊使いであるセルビア・レッドフィールド夫人をも殺《あや》めた。そして貴様にはもう一つ罪がある。子に間違った道を歩ませ、同じ轍《てつ》を踏ませたことだ」

すると俯《うつむ》いていたミハエルが勢いよく顔を上げた。シシャを睨《にら》みつけ、信じられないという表情で怒りに顔を真っ赤に染め上げている。

「き、き、貴様……っ！　約束が違うではないか！　罪を認めればアリーシャを助けると約束したはずっ」

アリーシャ。

名前を呼ばれた彼女がびくりと肩を揺らした。しまった、とミハエルが顔を青ざめさせる。

シシャは嬉《うれ》しくてたまらなくなった。思わず口の端が上がり、必死に抑えようとするがなお笑いが止まらない。愚か者が自爆する姿があまりに滑稽だったからだ。

「さあ、いざ皆様に知っていただこうじゃないか。可憐《かれん》な才女アリーシャの本性を」

アリーシャとシシャの瞳がかち合う。

思えば、彼はアリーシャと契約してからもずっと彼女に冷たかった。

(まさか、復讐《ふくしゅう》するために契約したの……!? ふざけるな！ お前《シシャ》がそのつもりなら、道連れにしてやる……！ 私だけが罰せられるなんて絶対に許せない！)

もう誰にも精霊を押し付けられないいなら、契約破棄するまでだ。

アリーシャは心臓に手を当て、許されない呪文を唱えだした。

精霊が望む場合の契約破棄は罪に問われないが、主の都合で精霊を消滅させるのは大罪である。大罪——つまり極刑だ。だがそれでもアリーシャは契約破棄を実行することを選んだ。

シシャはその思惑を察し、フッと笑う。

そして空へ手をかざし、大切にしまっていた風魔法を大衆へと向かいためらわず実行させた。

「やめろっ！ やめろおおおっ！」

アリーシャが髪を振り乱し叫ぶが、時既に遅し。パチン！ と小さな光が弾《はじ》けて、それは始まった。

『っ、なんで私が魔力をあげなきゃいけないのよ！　自分で何とかして！』

大広間に割れるような大声が響きわたる。これは、紛れもなくアリーシャの声ではないか。

彼女は学園の才媛。いつだって穏やかな笑みを浮かべていた淑女であるはず。誰もがそう信じていたし、アリーシャは完璧な淑女のイメージを作るために途方もない努力をしてきた。周囲から羨望の眼差しを受けることが、彼女のすべてだったと言ってもいい。

しかしその偽物の仮面は今、端からペリペリと剝がされていく。

「ああっ、あああああ……っ」

アリーシャは床に頭を伏し、拳を打ち付けた。

『あんたたちのせいで苦しんでるのに、なんで私が身を削ってまで助けなきゃいけないのよ!?……ああ！　ひらめいたわ。このままアリエル様が消えてくだされば、私の負担がきっと減りますわね』

「ううっ、うううう」

声が響くと同時に、アリーシャのすすり泣く声が交じる。

人は時に、死よりもあることを恐れる。

『良かったあ。ミスティアが契約は「一度きり」なんて言って誓約をつけるから、どうしようかと思っていたのです。肩の荷が下りましたわ』

「……うぅ」

『きゃ、怖いです。お願いだから、早く消えて？』

「…………」

それは、尊厳を極限までに打ち砕かれること。

音が流れ終わると、アリーシャは床に顔を擦《こす》りつけたままピクリとも動かなくなった。シシャの体は、もう半分まで消えてしまっている。すると彼の目にある人物の姿が飛び込んできた。

（ミスティア……）

彼が愛した主《セルビア》の娘。全く同じ色の紫水晶《アメジスト》の瞳。その瞳に、シシャはセルビアの懐かしい面影を見た。

（すまなかった、ミスティア。俺は憎しみを忘れて貴方を慈しむべきだった。セルビアの最期の言葉を伝えるべきだった。貴方にとって俺は母を守れなかった、いつも難しい顔をしたつまらない精霊だったろうな。だからせめて、貴方の道を阻む邪魔者を地獄へ送ってあげよう。……ミハエルの死にざまをこの目で見られないのは残念だが）

シシャは今にも泣き出しそうな顔でミスティアへ笑いかけた。そしてついにその髪の一筋は小さな粒子へと変わり、やがて消えた。

「……誰か、誰かあれ！　ここに精霊殺しがいるぞっ！」

とある令息が叫んだ。その高らかな声を皮切りに、ごうごうとした非難がアリーシャへ投げつけられていく。アリーシャとミハエルは後ろ手を摑《つか》まれ、人々の怒号の波に埋もれていった。これから彼らが悲惨な結末をたどることは、誰の目から見ても明らかであった。

「行こう」

その恐ろしい光景から庇《かば》うために、スキアはミスティアの肩を抱く。ミスティアは無言で彼の誘導に従った。人混みに逆らい出口へと足を運ぶ二人は目立つ。ふと、その姿を目に留める者がいた。

「ミスティア……！」

炎の精霊シャイターンだ。懐かしい背中に、彼はあることを思いつく。

（こうなった以上、頼れるのはミスティアしかいねぇ。少し脅せばまた再契約してくれるはずだ！　理由はわからないが今のあいつは強い。それなら俺の主に据えてやってもいいだろう！）

シャイターンは、人々に押さえ込まれて苦悶《くもん》するアリーシャを一瞥《いちべつ》する。たとえ精霊であれど、主が罪人であれば無罪放免とはいかないだろう。

その前にシャイターンは、何とかして助かる活路を見出《みいだ》さなければならなかった。その方法とは、かつて自分が見捨てた主との再契約。

そうと決まれば急がなければならない。彼はアリーシャに背を向け足を踏み出した。だが、その肩に手が置かれる。

「待つんだ、シャイターン」

名を呼ばれた彼が振り向くと、そこには同胞であるアリエルの姿。時間がない彼はカッとなり、感情のまま肩に置かれた手を振り払った。

「うるせぇな、誰が待つかよ！　早くしねぇと手遅れになる……！」

そう言うとシャイターンはアリエルの制止をものともせず、その場を駆け出してしまった。アリエルの目の端に、大広間の扉から去っていくミスティアとスキアの姿が映る。そしてシャイターンはまっすぐ彼らのもとへ向かっていった。

「まさか……」

目的を察したアリエルがクソッと小さく悪態を吐《つ》く。彼は少しばかり迷う様子を見せた後、やがてシャイターンの背を追い自らも駆け出したのだった。

大広間から出ると、ひやりとした空気がミスティアの体を包んだ。人々の熱気と喧騒が、扉から離れるごとに少しずつ遠のいていく。ミスティアたちは学園の中庭に足を延ばした。何とも言えない重苦しい空気が二人の間に流れる。その時だった。

「ミスティア！」

呼ばれたミスティアがパッと顔を上げる。視線を向けた先には、息を荒くしたシャイターンの姿。夜でも目立つ赤髪がぼうっと月光に浮かび上がる。ミスティアは隠すことなく表情を歪ませた。更に続きアリエルまで現れ、最悪だった気分が更に急降下する。

あからさまに不機嫌なミスティアへ、かまわずシャイターンが口を開いた。そして次に彼が発した言葉は、信じられないものだった。

「ミスティア、頼む。もう一度俺と契約してくれ！」

そう言う彼の表情には微《かす》かに笑みが浮かんでいる。明るい表情には微塵《みじん》の後ろめたさも感じさせない。

「は？」

ミスティアは呆《あき》れて口が開いてしまった。この精霊は、この期に及んで何を言い出すかと思えば――。近くにアリーシャの姿はもちろん見えない。恐らく置いてきたのだろうと窺《うかが》い知れた。ミスティアの目がスッと冷たく細まる。

「アリーシャはどうしたんですか？」

「ああ……聞いてくれ！　あの女、『魔力欠乏症』なんだってよ。他人より魔力の回復速度が遅いせいで魔法を打ち続けられないらしい。知ってたら契約しなかったのに。しかもアリエルを見殺しにしようとしたんだぜ、信じられないよな!?　ミスティアならそんなことは絶対しないだろ」

かつてミスティアを『冷徹女』と罵った彼からは、想像もつかない台詞《せりふ》である。意気揚々と主への不満を吐き出すシャイターンに、周囲の空気は氷点下に差し迫るほど冷え切っていく。しかし全く察していない彼に、アリエルが頭を抱える。シャイターンは再び、ミスティアへと居丈高に言い放った。

「魔力も申し分ない今のお前は俺にふさわしい！　だからミスティア頼む、俺と契約して欲しい！」

胸に手を当て、目を輝かせるシャイターン。

期待に胸を膨らませている彼に、ミスティアが優しく微笑《ほほえ》んだ。その笑みを見て、シャイターンがホッと息を吐く。良かった、これで消滅を免れると。だがしかし。

「お断りいたします」

「え……？」

ピシリ、という音を立ててシャイターンが固まる。ミスティアは笑みを潜めて言葉を続けた。

「ご存じでしょう。私は貴方がたとの契約をアリーシャへ譲渡した際、一度きりだと申し上げました」

「何を言うんだミスティア!?　この俺が契約してやるって言ってるんだぞ?　それを――」

今にもミスティアに摑みかかろうとせんばかりの彼に、スキアが立ちふさがった。剣の柄《つか》に手が掛けられ、刀身が鞘《さや》からわずかに覗《のぞ》く。一度スキアに打ちのめされたシャイターンは、気《け》圧《お》されて後ずさった。あの痛みを体がまだ忘れていない。

「もうお前らの席はない。大人しくしていろ、負け犬が」

「負け――な、なぜだ!?　上位精霊の俺は貴重で誰もが欲する存在!　なぜまた契約してくれないんだ、ミスティア!」

いまだ追い縋ろうとするシャイターンに、ミスティアが静かに、とても静かに言い聞かせた。

「シャイターン様、すべてはもう遅すぎたのです。今、貴方にできることはたった一つ。それはすぐにでもアリーシャのもとへ駆け戻り、彼女の傍にいてあげることだけです。どうか……そうしてあげてください」

ミスティアの瞳が潤む。

彼女は自らが放った言葉に自分自身で驚いた。この言葉を皮切りに、かつてアリーシャに抱いた強い憎しみが、ミスティアの中から抜け出ていく。必死で奪った精霊に最後には裏切られてしまったアリーシャ。こんなに悲しいことがあるだろうか。

「…………」

しん、と静まり返る中庭。シャイターンがその場に膝をつく。その後ろで、自分が直接言われたわけではないアリエルがショックに顔を青ざめさせた。

するとシャイターンが突然立ち上がり、ミスティアたちをギラリと睨みつけた。

「うあああああああっ！」

その手に炎が宿る。

シャイターンは錯乱して叫び、ミスティアへ向かって魔法を発動させようとした。魔力不足のためか上手《うま》く魔法が展開されない。その隙にミスティアは身構え、スキアが剣を抜く。

そして今にも魔法が放たれそうになったその時。突然、どすんという音が響いた。同時にシャイターンはぐるんと白目をむき、体がゆらりとその場に倒れた。

地に伏せた彼がサラサラと音を立て、砂のように消えていく。気絶して魔力供給が断たれたのである。そんな彼の背後にいたのは水の精霊アリエル。魔法が放たれる寸前で手刀をし、シャイターンを気絶させたのだ。

意外な者の助け船に二人は目を見開いた。

「すまない、ミスティア」

苦しげな声。

アリエルは自分が犯した大きな過ちを認め始めていた。しかし強すぎる望みは時に自分を失わせる。一歩間違えればアリエルもシャイターンのようになってしたかもしれない。そう想像した時、アリエルはゾッと背筋が寒くなった。

(私は自分のことしか考えていなかった。裏切って、ミスティアが新しい精霊と契約したことへ勝手に腹を立てて、馬鹿らしい……。だが、今更後悔したところでどうにかなる話でもない)

彼は心苦しさで息が詰まる。

申し訳なさすぎて、彼女の顔を見るのさえはばかられるくらいに。しかしアリエルは思い切って顔を上げた。せめて最後にもう一度、思い人の顔を目に焼き付けておきたかったのだ。

そこには、彼の心を捉えて離さない美しい紫水晶の瞳があった。

以前見つめ合ったときより更に、輝きが増しているようにも思える。

(ミスティア、貴方は、ほんとうに綺麗だ……)

場違いなのにアリエルの胸はどきどきと早鐘を打った。

当たり前の顔をして傍にいるスキアが羨ましい。いや、羨ましいどころじゃない。自分に力があるなら彼を退けてでも無理やり居場所を奪いたい。

苦しくて苦しくて苦しくて、アリエルは胸のあたりをぎゅっと握りしめた。心臓にナイフを突き立てられたようにそこが痛む。どぷどぷと醜い何かが体を満たしていった。これは醜い嫉妬心だ。

(彼はミスティアの頬に触れただろうか。指で唇をなぞっただろうか。ああ——考えただけで可笑しくなりそうだ)

もしあの時に裏切らなければ、彼女の隣にいるのは自分だったかもしれないのに。だからアリエルは微笑む。そして口を開き、こう言葉をこぼした。

「……さようなら」

アリエルはこの五文字にありったけの愛を詰め込んだ。

彼がミスティアへ伝えられるのは、もう別れの言葉しかなかったから。アリエルは幽鬼のようにふらりと立ち上がると、二人に背を向けた。サクサクと芝生を踏む音だけが静けさのなかに際立つ。その時、アリエルの背後からふと声がした。

「さようなら」

それは、優しいミスティアの声。

アリエルは少しだけ立ち止まり、やがてまた歩き出した。彼の頬に一筋の涙が光る。

(ありがとう、ミスティア)

アリエルは自分の行く末を悟った。アリーシャが罰を受ければ、きっと彼も運命を共にする。

そうなれば肉体は消え魂は空気に溶け行くだろう。次の召喚がいつになるか、それは誰にもわからない。消えた次の日かもしれないし、或《ある》いは永遠に来ないかもしれない。

アリエルはミスティアに二度と会えないかもしれない。

であればせめて、ミスティアに『潔い精霊だった』と頭の片隅にでも置いて欲しかった。アリエルの最後の悪あがきだ。

そうしてアリエルは、二人の視界から完全に消え去った。向かう先は、人々に詰《なじ》られているアリーシャのもとである。

アリエルが去った後、中庭に面した渡り廊下に幾人かの人影が現れた。

カチャカチャとした金属の擦れる音。武装した集団である。騒ぎを聞きつけ、アリーシャたちを捕縛しに派遣されたのだ。

スキアは、大広間へ向かうその衛兵たちをぼんやりと観察した。すると一人の兵士がふと、スキアの姿を認めて足を止めた。よく手入れされた戦鎧《いくさよろい》。細かい傷があちこちに見て取れる。その鎧の傷み方から、彼が長く戦ってきた戦士であろうことが読み取れた。明らかにじろじろとスキアを見ていた兵士は、上官に注意され慌てて続いていく。

スキアは嫌な胸騒ぎがして、目を伏せた。

(このような騒ぎがあれば、注目を浴びるのは必至だな。……あの兵、一度戦場で俺の姿を見

ていたのかもしれない。そうであれば、まずいことになった）

チク、タク……。

時計の秒針の音が聞こえる。ミスティアの傍にいられる時間はあとどれくらいなのだろう。

スキアは彼女に悟られぬよう、静かにいつか来る別れを嘆いた。

隣にいるミスティアは未《いま》だに俯いている。裏切者の元契約精霊たちとはいえ、愛着はあったはず。その彼らが不可視の存在に戻ってしまうのは堪《こた》えるものがあったのだろう。スキアは、彼女にどう声をかけていいか迷った。

（こういう時はそっとして置いた方がいいのだろうか。クソ、良い慰め方が見つからない）

そんな重苦しい空気が流れる中、突然、ミスティアが俯いていた顔をパッと上げた。

「さっきの兵の一人、スキアを見つめていましたよね」

スキアはハッと息を呑んだ。

（てっきり、泣いているのではと思っていたが……）

だが顔を上げた少女は、涙を流すどころかすっきりと晴れた表情を浮かべている。戸惑いながらも、スキアはミスティアへ返事をした。

「あ、ああ。もしかしたら一度俺の姿を見たことがあった者なのかもしれない」

スキアは正直にミスティアへ打ち明ける。するとミスティアは少し考えた後、あっけらかんとこう言った。

「だったら守護水晶、ちゃっちゃと直しに行きませんか？」

「…………え」

聞き間違いだろうか。スキアは口をぽかんと開けてミスティアを見つめた。先ほどの暗い雰囲気が嘘《うそ》のようにミスティアが微笑む。スキアは思った。

彼女は、こんなにも強《したた》かな少女だっただろうか？

「正直、先ほどの騒動は堪えました。叔父が両親を事故に見せかけて殺したことも許せない。シシャが復讐のために今まで沈黙を守っていたことも、辛《つら》いです。でもそれ以上に私は……今ここにいる貴方を守りたい」

「ミスティア……」

「これだけの衆目にさらされれば、スキアの正体はじき公に広まるでしょう。そうしたら貴方と私は確実に利用されます。であれば、利用するための理由を潰してしまえばいい」

スキアが国から囲われていたのは、アステリアを魔物から守るため。スキアが生まれたときに守護水晶が砕かれてしまい、彼はずっとその責任を取らされてきた。しかしその水晶が修復されれば、彼の義理はなくなる。

「いつかアイリーンの火傷痕《やけどあと》を治したことがありましたよね？　それでふと思いついたんです。

修復《リカバリー》は、もしや物体であっても直せるのではと」

「……試したことはない。だがやってみる価値はあるな」

ここでそんなのは無理だ、と口にしないスキアにミスティアは心が軽くなる。

「はい。まあそれだけのことをしたら更につけあがって利用されてしまわれそうですが。人の欲望はキリがないですしね。その時はもう、国外へ逃亡してしまいましょう！」

口の端を上げて冗談を言うミスティアに、スキアもまた笑みを返す。しかし先ほどの作戦を実行するには、いくつか問題があった。

「でも一介の男爵令嬢が国と交渉するなんて、難しいですよね」

「そうかもしれないな、だが……。以前、精霊刀を譲った者につてがあるかもしれない。あれほどの額を出せるのであればただ者ではないはず。学園長に尋ねてみてはどうだろう」

「……！　スキアって本当に冴《さ》えていますね」

なるほど、とミスティアが感心して手を打った。

「でも先生は一体どこにいらっしゃるのか……。ただでさえ今は叔父の騒ぎがありますし」

「ミスティア、人を捜すための便利な闇魔法があっただろう？」

そういえば。アイリーンを捜すときにベルから闇魔法を習得させてもらったことがあった。

やっぱり冴えているな、とミスティアはスキアへ微笑んだ。

闇魔法を発動させメアリーの居所を探ると、学園長室へとたどり着いた。

(この騒ぎだからあちこち駆けまわってらっしゃると思ったけれど……。意外ね)

辺りは既に暗い。昼間は閉じられているドーム状の天窓が、星の光を受け入れるためにすべて開かれている。月や星の光では心もとないのか、空中に幾つものランプが浮かび辺りを照らしていた。


その幻想的な空間の中、ミスティアはメアリーとベルの姿を見つけた。するとメアリーはロッキングチェアに腰かけたまま、読んでいた本を閉じる。同時に膝の上でまどろんでいたベルが、目を覚まし毛を逆立てながら伸びをした。

「こんばんは、良い夜ね。今夜は貴方が訪ねてくる気がしていたわ」

(あ……。私が訪ねてくるのを予見して、待っていてくださったんだ)

メアリーに感謝しつつ、ミスティアはメアリーたちのもとへ近づいた。

「ベルったら寝たふりしちゃって。貴方のことが心配でずっとソワソワしていたのよ」

「メ、メアリー! それは言わない約束でしょ!?」

クスクスと笑うメアリーに、ベルが恥じらってそっぽを向く。そんなベルに、ミスティアは張り詰めていた心がほどけていくような心地がした。悪かったわ、とメアリーが悪戯《いたずら》っぽく笑んでベルの毛を撫でつける。

（ベル様、心配してくださったのね。……本当に、スキアと出会ってから、沢山の素晴らしい方たちに出会えた）

「先生、ベル様。本当にありがとうございます。今夜こちらに参ったのは、お頼みしたいことがあってのためです」

「ええ、なにかしら」

頼みごとと聞いても、メアリーはさして驚いていない様子だ。

「実は……」

ミスティアが口を開きかけると、スキアが前に出てそれを遮った。

「俺の正体に起因することだ。……光の大精霊スキア。貴方がたなら、既にご存じではあるだろう。訳あって陛下および宰相殿へ謁見を願いたい。以前精霊刀を譲った者に、頼むことはできないだろうか」

スキアがメアリーたちに正体を明かすと、メアリーとベルは椅子から腰を上げ丁寧なお辞儀《カーテシー》をした。

「アステリアの輝く光、大精霊スキア様。……お隠れになったと存じておりましたが、ご無事でなによりでございます。貴方様でありましたら陛下への謁見に許可などいらぬこととは思いますが……」

「俺ではなく、このミスティア・レッドフィールド嬢の目通りなのだ」

「さようでございましたか。であれば確かに、精霊刀の今の主は公爵家の当主殿です。事情をお伝えすれば取り次いでくださるかと」

「……助かる」

「勿体《もったい》ないお言葉ですわ。……ミスティア嬢、ご武運を。騒ぎの方はこちらで何とか収めておきますから、心配しないでね」

「先生、何もかも感謝いたします」

メアリーの優しい声色に、ミスティアはなぜだか泣きたくなった。

「ほら」

突然、ベルがミスティアの足元へすり、と身を寄せた。ミスティアはその可愛らしさに目を丸くする。彼女がこんな素振りを見せるのは初めてのことだ。

「特別に、撫でられてあげてもいいけど？」

ツンとした声。気恥ずかしそうにしているベルに、ミスティアはますます心をときめかせた。

ミスティアはそっと屈《かが》み、ベルの美しい艶のある毛並みを丁寧に撫でる。

「ベル様、ありがとうございます。……勇気が湧きました」

「ふ、ふん！　こんなことで喜ぶなんてずいぶん簡単なのね」

ツンツンしてはいるが、ベルなりにミスティアを励まそうとしてくれているらしい。ベルの毛並みを十分に堪能した後、ミスティアたちは学園長室を後にした。

どちらからともなく、ミスティアとスキアは見つめ合う。

「私たちって、いつも行き当たりばったりですね」

「確かに……だが、今度もうまくいくさ。ミスティア、あなたならきっとできる」

はっきりとそう言われて、ミスティアは背筋がピンと伸びるような心地になった。

スキアはミスティアを信じていた。この道が正しくとも、間違っていても構わなかった。ただミスティアが自分で選び、進む道が最善であると信じたのだ。

「スキアが信じてくれたから、私も自分を信じることができるようになりました」

（ああ、やはり……）

スキアは、ミスティアのまっすぐな透き通る瞳を見つめた。

そして、気が付く。自分が手を引いていたつもりの少女は、既に巣立っていたのだと。

スキアの耳を、かすかな音が掠《かす》めた気がした。一羽の鳥が木の枝を揺らし、大きな翼をしならせ羽ばたいていく音が。


「光の大精霊が戻ってきたというのは本当か!?」

円卓の間。王国アステリアを統べる国王オーラント・ディ・アステリアは、宰相からの報告を受け思わず立ち上がった。彼が隠れてからというもの、王都は魔物に脅かされ滅亡への一途をたどるばかり。

自分の代で国を終わらせたくない。その切なる思いから不眠不休で政策に尽力していた彼にとって、この知らせは心の底より喜ばしいものであった。

「して彼はどこに!?」

「今は王宮にいらっしゃいます。陛下へ謁見を賜りたいと」

「おお、そうであったか。早速手配いたせ!　……今はと申したな。以前はどこにいらっしゃったのだ?」

「王立魔法学園にいらっしゃったようでございます」

「魔法学園……?　何ゆえそのような場所に?」

「それが……」

王国アステリアの宰相ルーファスは、汗でずれたモノクルを掛け直した。

「ある女子生徒が、光の大精霊様を召喚したようなのです」

「なんだと……!?」

オーラントは驚愕《きようがく》し大きく目を見開いた。光の大精霊スキアは、主を必要としないほどの膨大な魔力量を持っていたはず。その彼を召喚するとは人間業とは思えない。しかもそれがただの女子生徒ときた。信じられない話だが、宰相は冗談を言う性質ではなく——オーラントは顎に手を当て考え込んだ。

(王国アステリアを守護していた大精霊を捕縛し、今の今まで隠していたとは……。国に甚大なる損害を与えた国賊ではないかっ。かの女子生徒には厳罰を与えるべきだな!)

厳しい表情を浮かべるオーラントに、宰相ルーファスが何かを察し口を開いた。

「陛下……。もし女子生徒、ミスティア・レッドフィールド男爵令嬢を罰するおつもりでしたら、どうぞお考え直しください。それを致しますと我が国が亡《ほろ》びかねません」

「何を大それたことを申す。そのミスティアとかいう娘を拷問し契約破棄させれば良かろう」

「それこそ大それたことでございますよ。かの大精霊様は、彼女こそ我が主であると仰いでいらっしゃるようですから。しかもミスティア嬢は火・水・風・光・闇の最上級魔法まで発動できるとのこと。そのような者を敵に回しては、いたずらに兵を失うだけでございます」

オーラントは宰相の言葉を聞き、言葉を失った。

「…………い、今何と？　五属性すべての最上級魔法を使える人間がいると、そう申したのか!?」

「はい」

え……そんなの勝てるわけなくないか……？

オーラントは目を点にした。そして膝が痛くなってきたので、椅子に座り直す。最上級魔法を発動できる人間など、彼が知る限り存在しない。最上級魔法は伝説級の魔法で、国が一つ吹き飛ぶほどの暴力的な魔法であると知られている。彼がふと視線を向けた机の上には、アステリア周辺の大地図が敷かれていた。

（これ全部吹き飛んじゃう……？）

オーラントの中の弱気な彼が、心の中で膝を抱えてうずくまった。人間が発動させれば国一つ、では大精霊であるスキアが発動させたら――。

オーラントはぶるぶるっと体を震わせた。彼は生粋の小心者なのだ。

「であれば……止《や》めようか」

「ご英断にございます、陛下！」

オーラントの小さな呟きに、宰相がこれ見よがしに食いつく。オーラントをよいしょと持ち上げた後、宰相はついに言いづらいことを打ち明けることにした。

「陛下、そのミスティア嬢なのですが。彼女も謁見を賜りたいと申しているようなのです……いかがいたしましょう」

「うむ……会ってみようか」

断るのも怖いし。

「は、かしこまりました。そのように手配させます」

王の返答を聞き、宰相はホッと息を吐いた。オーラントは高慢で一時の感情に左右されやすい。しかし小心者でもある彼の政は、これまで意外にも功を奏してきた。ゆえにまだ彼には玉座に就いていてもらいたい。すべては平和な世のために。

光の大精霊スキアは、召喚されることによって弱体化したかと思われた。だが驚くべきことに、彼は何倍にも力をつけ還《かえ》ってきた——。

喜ばしいことだが、御すことができなければ危険だ。

(ミスティア・レッドフィールド嬢とは一体いかなる人物なのか……)

モノクル越しの瞳の中に、不安が宿る。

そして、瞬く間に謁見の日は訪れた。

謁見の間、大理石を基調とした広間は広々としていて空気が冷たい。同じく大理石で造られた壇上に玉座はある。その上には天蓋があり、威厳あるアステリアの紋章のバナーが吊《つ》り下がっていた。

バナーの下、黄金の玉座に腰かけたオーラント・ディ・アステリアが口を開いた。

「よくぞ戻られた、光の大精霊よ」

彼の目の前には、記憶に違《たが》わない恐ろしい美貌の精霊がいた。その横には、銀糸のごとき髪をたくわえた可憐な少女。伏せられた目は儚《はかな》げでいて、とてもではないが国一つ滅ぼすほどの力を持っているとは思えない。

(彼女が、光の大精霊を召喚せしミスティア・レッドフィールド嬢なのか……?)

その姿は彼の目に華奢《きやしや》で頼りなく映った。気を大きくしたオーラントが尊大に口を開く。

「そしてミスティア・レッドフィールド嬢。余になにか申したいことがあるようだな?」

オーラントに発言を許されたミスティアが、優雅にカーテシーを披露する。

「王国アステリアの輝く太陽へご挨拶を申し上げます。陛下におかれましては、謁見の機会をくださったこと心より感謝いたします。この度は、この光の大精霊スキアの今後……身の振り方を案じて陛下に奏上をお許しいただきたく、御前に参った次第です」

「う、うむ。ということはやはりそなたが……光の大精霊の主なのだな?」

「はい。その通りでございます」

オーランは ふう、とため息を吐き眉をひそめる。

「ミスティア嬢よ。知っているとは思うがこの御方《おかた》はアステリアの守護者である。魔物の被害は甚大で、民も次々に命を奪われているのだ。皆までは言わぬが、彼には責任がある——わかってくれるな？」

事を荒立てる気はないが、スキアを国へ譲れ。

つまりオーラントが言いたいのはそういうことであった。彼の言葉を聞いたミスティアが、静かに青筋を立てる。

（スキアの気持ちは考えたことないわけ!?　精霊には感情はないと思っているのかしら。壊れない道具みたいに、いつまでも戦い続けられるはずないじゃない……っ）

「そのことでございますが陛下。そもそもなぜスキアが守護者で在り続けねばならないのか、お教え願えますか？」

ミスティアの責めるような無礼な声色に、控えていた近衛兵《キングス・ガード》が剣を抜こうとする。だがオーラントは片手でそれを制した。彼が言葉を続ける。

「知れたこと。守護水晶を破壊し生まれたのが光の大精霊なのだ。天が代わりに遣わせてくださったのだろう」

「お答えいただき感謝いたします。……であれば、守護水晶が修復され再び王都から魔物を遠ざければ、スキアに責はなくなりますね？」

「……！　守護水晶の修復だと？」

青天《せいてん》の霹靂《へきれき》であった。

オーラントはううむと唸《うな》り視線を彷徨わせる。トントン、とひじ掛けへ指を叩《たた》く音が鳴った。

「今まで優秀な魔法使いがさんざん試したが、すべて失敗に終わっている。何十人と、いや何百人と束になって試したのだぞ。それをぽっと出の小娘一人が成し遂げられると？　冗談もほどほどにいたせ。全く、貴重な時間を使って謁見を許したというのになんたる戯言《たわごと》を――」

オーラントの語気が荒くなり目に見えて苛立《いらだ》ち始めた、その時。

「直しました」

「…………………えっ？」

ん？

とその場にいたミスティアとスキア以外の全員が首を傾《かし》げた。

「い、今なんと」

オーラントが聞き間違えたかと疑問を口にする。ミスティアは再び、今度はハッキリと大きな声で王へ告げた。

「守護水晶を直しましたので、スキアへ与えられている守護者の任を解いてくださいませんか」

凜《りん》とした声がその場に響き渡る。

オーラントは、先ほどまで小娘と侮っていたミスティアの表情に思わず見惚《みと》れた。彼女の瞳には一点の曇りも存在していない。冬の寒空、雲一つない晴れ渡った青空のような。

オーラントは言葉が出ずうろたえる。その様を見て、今まで黙っていたスキアが初めて口を開いた。

「オーラント、ミスティアの言葉はすべて真《まこと》だ。嘘だと思うなら派遣している兵を呼び戻し報告を聞くと良い。もし違えばこの俺が責任を取る……して、もし修復が叶《かな》ったとなれば俺に責はなくなるわけだが。晴れて自由の身にしてもらえるのかな？」

「だ、大精霊様。いきなりそのようなことを言われましても……」

戸惑いを隠せないオーラント。その時、突然謁見の間の扉が開かれた。一人の兵が必死な表情で駆け寄ってくる。近衛兵《キングス・ガード》が何ごとかと王の前へ出でて剣を抜いた。それにもかまわず、兵はその場に膝をつき大声で叫んだ。

「陛下！　突然のご無礼申し訳ございませんっ！　しかしお耳に入れておきたいことがあり急ぎ参りました。現在王都周辺に確認されていた魔物が、ことごとく消滅したとのことでございます……！」

「何っ……!?」

これには、オーラントも近衛兵も強い動揺を示した。近衛兵の構えていた剣先がカタカタと揺らぐ。いかなる時も冷静沈着であるべき王の兵でさえ、平常心ではいられないほどの吉報。

「素晴らしい時機《タイミング》だ」

ふ、とスキアが笑う。それを見たオーラントは思わず玉座から立ち上がった。

「まさか真に守護水晶を復活させたと言うのか……!?」

先ほどから驚きすぎて、オーラントは口の中が渇きっぱなしだ。ドキドキと高鳴る心臓を押さえ、オーラントは目の前の少女を見下ろした。大抵の年若い令嬢は、オーラントを目の前にしただけで顔面蒼白《がんめんそうはく》になる。だがどうだろう、ミスティアの堂々とした佇《たたず》まいには気迫さえ感じられる。

(……肝が据わっている。そうか、彼女は大精霊様を守りたいのだな。こんなに幼く映るのに……)

一見共通点のない老人と少女だが、一つだけ同じ思いが共通していた。それは自分の命よりも大切な存在があること。ミスティアはスキアを、オーラントは民を。それに気が付いた時、彼は体の芯がじんと熱くなった。

スキアが国の守護者で在ったのはオーラントが生まれる前からのこと。つまり彼は気の遠くなるほど長い間、守護者の責務を課せられてきた。ゆえにオーラントはスキアが国を守るのは当たり前のことだと思い込んできたのだ。

それをいきなり、はいどうぞと大精霊の守護を手放すのは正直できかねる。

目の前で王が黙り込む姿を見て、ミスティアがダメ押しとばかりに口を開いた。

「陛下……このようなことは申し上げたくございませんが……。直すことができるのであれば、もちろん修復不可能なほど粉々にできるということもお忘れなきよう」

にっこり。

花が咲いたような笑顔に、オーラントと近衛兵たちがあっけに取られる。彼女の放った言葉が一瞬理解できなかったのだ。

わかりやすく意訳すると、言うこと聞かないならぶっ壊すぞ？　あん？　である。

不敬罪で処刑されても可笑しくはない物騒な発言だが、残念なことに彼女を拘束できるほどの力を持つ者はこの場にいない。

ピリ、とひりつく空気を破ったのは、オーラントの押し殺すような笑い声だった。

「ふ、ふふふっ……はっはっは！　このように型破りなご令嬢は初めてだ！　はあ、ミスティア嬢。確かにそなたの言う通りだな。守護水晶が修復された今、大精霊様に責はない。それに剣を取り再び戦えと命じても、斬るべき魔物がいないのなら仕様がないことだ。だが……民は大精霊様に守られてこそ心の安寧を得られていたのも事実。どうかな？　守護者の任は解こう、しかしこれからは平和の象徴として……救国の英雄として民の心を守ってはくれないだろうか。できる限りで良いのだ、どうか民を助けて欲しい」

オーラントの提案に、ミスティアがうっとたじろぐ。

（確かに、光の大精霊がもう国を守護しないと民を見捨てれば、きっと彼と私は後ろ指をさされる。陛下の提案はまっとうだわ。どうにかしてスキアを戦いから遠ざけようとしていたけれど、心も守らなければ意味がない）

ミスティアはスキアへ目配せした。彼はすべてを見通すような瞳でミスティアを見つめ返す。

「まあ俺としては、国外に逃亡してもやぶさかではないぞ？」

「だ、大精霊様」

オーラントがそれはないでしょうと目尻を下げる。緊迫した空気をスキアの笑えない冗談が緩ませた。そしてミスティアは深く息を吸い、やがて吐いた。

「スキア、貴方の望みを聞かせて欲しい」

「前にも言ったが、あなたの望みが俺の望み。もし剣を手に取り戦えと言うのなら、喜んで受け入れる。言っておくがその心に嘘偽りはない」

「……わかりました」

ミスティアは選ばなければならなかった。この場でスキアが彼女に選択肢をゆだねたのは、ミスティアを『主』として立たせるためである。厳しい場面ではあった。しかしミスティアは、『あなたの選ぶ道ならどれも間違っていない』と、背に手を当てられた気がした。

その手に押されて、声が出る。

「陛下、ご無礼を失礼いたしました。しかしお約束していただきたいのです。もう彼は私の精霊。どうか、どうか。もう二度と、人間の都合で彼に無理強いをしないでくださいませ。この願いを聞いてくださるのなら、私は提案を受け入れましょう」

しばらくの後、言葉をしっかりと受け止めたオーラントが口を開いた。

「……ああ、約束しよう」

救国の英雄として国に迎えられる、それは想像もつかない未来だ。しかしミスティアは覚悟を決めた。スキアの傍にいるなら、なんにだってなってみせる。

「ありがたき幸せ」

ミスティアは再び、優雅にお辞儀《カーテシー》を披露した。

大窓から射《さ》し入る強い陽の光が、ミスティアの髪を煌《きら》めかせる。彼女の白い肌に陽が当たれば、まるで空気と溶け合ってしまいそうな神秘さがあった。

誰もがミスティアに魅入り、息を呑む。

そして、王国アステリアに救国の英雄が誕生したことを祝福したのだった。

エピローグ　いつかの出会いを、もう一度

ガタリ、と音を立ててバルコニーの窓が開かれる。

強い風がざあと吹き、ミスティアの前髪をさらった。しばらく無人であったレッドフィールド家邸宅は少し埃《ほこり》っぽい。それが屋根裏部屋であれば尚更《なおさら》だ。あの一連の騒動の後、ミスティアの叔父は彼女の両親を殺《あや》めた罪で投獄された。そしてアリーシャは、精霊との契約を一方的に破棄した罪に問われている。どのような沙汰がくだされるかは不明だが、おそらくアリーシャの精霊たちも主と運命を共にするだろう。

あれから幾らか時が過ぎ、学園は長期休暇に入っている。そのためミスティアたちは一旦借りていた部屋を出て、このレッドフィールド領へと戻ってきたのだった。

ミスティアは春の強風を受けながら、肩に伸《の》し掛かっていた重りが取れた心地を享受していた。現在、ミスティアはレッドフィールド家当主という立場だ。

しかし学生の身ということもあり、なんと公爵家がミスティアを養女として迎え入れることとなった。そのため公爵家がレッドフィールド領の大まかな管理をし、重要事項のみミスティアが確認する手筈《てはず》となっている。

それらはすべて、国王のはからいであった。

ミスティアは春の陽気につられてバルコニーへ歩み入る。思えばここからすべてが始まった。

（あの時は、雲の多い夜だったけれど）

今は彼女の晴れた心を映すように、目に眩《まぶ》しい青空が広がっている。少しだけ目を細めると、ふいに背後で声がした。

「『早まらないで』」

その甘い声に、ミスティアの胸が早鐘を打つ。ミスティアはくすりと鼻を鳴らして振り返った。そこには、風になびくカーテン越しに手を差し伸べている美しい精霊の姿。

「『何か勘違いしておられるようですが、ここから飛び降りたりなんかしませんわ』」

それは初めて二人が出会った夜の再現。カチャリと鎧《よろい》の音がして、スキアがミスティアへ歩み寄った。二人はしばらくの間じっとお互いを見つめ合う。そして、おもむろにスキアがミスティアへ跪《ひざまず》いた。

（そういえばこの後に私、とんでもないことを言ってしまったんだった……！）

いつかの突飛な発言が思い出されて、ミスティアは恥ずかしさに頬を染める。

「あの、スキア！」

慌てたミスティアがスキアを止める前に、彼が口を開いた。

『あなたのことを一生大事にして、愛することを誓います』」

「…………！」

ミスティアは目を瞬かせた。まるで春のいたずらな精霊が、首筋をくすぐったようにむずがゆい。彼の煌《きら》めくプラチナブロンドが、目の覚めるような青い瞳が、どこまでも美しくて――いっそ切ないほどに――愛《いと》おしかった。

スキアが手を差し伸べて、ミスティアは静かにその手を取る。

「ちなみに、これは正式なプロポーズだ」

スキアの口の端がニッと上がった。とことんからかわれているのに、ミスティアは彼を憎めない。

ミスティアが思わず笑みを零《こぼ》す。その笑顔は花が咲いたように美しく、はっとするような清らかさで。スキアはミスティアが尊くて愛おしくてたまらなくなる。

「……嬉《うれ》しいです。私も、スキアを愛しています」

ミスティアがそう答えると、スキアは立ち上がりきつく彼女を抱きしめた。

「結婚式はいつ挙げようか？」

「し、少々気が早いのでは……!?」

スキアの口から飛び出た『結婚式』という単語に、ミスティアの心臓がどきりと跳ねる。追い打ちをかけるように、スキアが彼女の額へコツンと自らの額を軽くぶつけた。

「俺は今すぐにでもあなたと結婚したいのだが」

「……っ！　スキアの気持ちは嬉しいですが、私はまだ学生の身分ですし……。アステリアでは、学生だと結婚式を挙げられないのです」

「何？　なぜだ？」

スキアの声に焦りが滲《にじ》み、ミスティアは目尻を下げて苦笑する。

「学業に専念しなければなりませんから」

返事を聞いたスキアが深くため息を吐《つ》く。

「……はぁ。人間の決まりはいつも面倒だな。……しかし、いつか来る日を楽しみに待ちわびるのも悪くはないか。――あなたが今ここで、俺といつか結婚式を挙げると約束してくれるなら、だが」

「！」

ミスティアの頬が赤く染まる。

そして忙《せわ》しく視線を彷徨《さまよ》わせた後、彼女は心を決めて口を開いた。

「はい。約束、します」

そう返すのが精いっぱい、と耳まで赤くしている彼女の頬に、そっとスキアの手が添えられる。

やがて近づいたスキアの唇が、ミスティアの唇へ静かに重ねられた。

ざあ。

また、風が強く吹いた。

まるで思いあう二人を風で包み、優しく抱き締めるように――。

書き下ろし番外編

俺の悪夢を終わらせてくれた人

「お前は俺たちの主人にふさわしくない、契約破棄してくれ！」

炎の上位精霊シャイターンが居丈高に言い放つ。彼がきつく睨《にら》みつけているのは、主人であるミスティア・レッドフィールド男爵令嬢だ。

愛していた精霊に『主人にふさわしくない』と告げられたミスティアは、あまりのショックに茫然自失《ぼうぜんじしつ》となってしまう。

そんなシャイターンの言葉を皮切りに、ミスティアの契約精霊たちは次々に彼女への不満を口にしていく。彼らの心ない言葉にミスティアが俯《うつむ》くたび、アリーシャが誇らしげに胸を張った。

このレッドフィールド家の裏庭で、今ミスティアを庇《かば》ってくれる者は誰もいない――。

やがてミスティアが精霊たちの説得を諦めかけたその時、彼女の前に何者かが躍り出た。プラチナブロンドに鮮やかな碧眼《へきがん》。目が覚めるほどに美しい美貌をもつ彼は、スキアという名の光精霊だ。

彼はミスティアを背に庇いながらシャイターンたちへと唸《うな》る。

『裏切者ども。貴様らを顕現させ続けるため、ミスティアは毎日必死の思いで努力を重ねてきた！　本来ならばそんな主を助け支えるのが貴様らの役目のはず……っ。それを感謝するどころか、恩を仇《あだ》で返すとは。よほど首を刎《は》ねられたいらしい』

スキアの瞳に激しい憎悪が宿っている。

気の弱い者なら気絶してしまいそうなほど、凄《すさ》まじい殺気を放つスキア。しかしそんな彼の殺気をまったく気に留めることなく、シャイターンたちはその顔に薄笑いを浮かべ続けている。

そう、彼らの目にスキアの姿は映っていないのだ。

なぜならスキアは未契約の精霊。実体を持たず、まるで『幽霊《ゴースト》』のように彼らの周りを漂うことしかできないのである。だが自らの言葉が彼らに届かないとわかっていても、スキアはミスティアを庇わずにはいられなかった。

透けるスキアの体越しに、ミスティアがシャイターンたちを視線で射貫《いぬ》く。そして震える唇から声が発せられた。

「わかりました……。では、彼らの名前を貴方《あなた》に刻みます──さようなら」

『！　ミスティア』

ミスティアの言葉を聞いたスキアが驚き振り返る。

スキアが目を向ける彼女の表情には、怒りも悲しみも浮かんでいない。精霊たちに裏切られても、まるで動じていないようにも見える。

しかしスキアだけは彼女の秘する気持ちを察していた。ミスティアは今、深く、とても深く傷ついている。なぜなら彼女は精霊たちを心から愛していたから。けれどミスティアは感情表現が豊かな方ではなく、その悲嘆が元契約精霊たちに伝わることはなかった。

ミスティアが踵《きびす》を返す。その後ろ姿をシャイターンたちがあざ笑った。スキアは彼らをギラリとひと睨みすると、急いでミスティアの後を追う。そしてスキアは目の前を行く頼りない背中へ静かに優しく語りかけた。

『あの裏切者どもは優しいあなたにふさわしくない。だからそんなに悲しまないで。――あぁ、心のままにあいつらをいたぶり殺してやりたいよ。二度と顕現できないよう、丁寧に丁寧に殺そうか。……でもそんなことをしては、あなたに嫌われてしまうかな。俺はあなたが望まないことはしないつもりだ。だから』

だから、あいつらのことは忘れて、どうか俺の手を取って欲しい。

という言葉が喉まで出かかったが、スキアはその口をつぐんだ。彼の瞳から光が消え失《う》せていく。

――もし今彼女の前へ姿を現したとして、拒絶されでもしたら。その時自分は、果たして正気を保っていられるのだろうか。

（ミスティアに嫌われたら、自分でも何をしでかすかわからない）

そのためにスキアは、ミスティアの前へ姿を現すことをためらってしまう。

やっと自分のための席が用意されたのに、彼は喜んでその席に座ることができない――。


「ミスティア、ご挨拶なさい。この方はミクシリアン・ホード辺境伯だ」

叔父に促され、ミスティアが醜く肥え太った男へ丁寧なお辞儀をする。その光景を見たスキアはひどい嫌悪に顔をしかめた。

『まさかとは思うが、こんな男にミスティアは嫁がされるのか？』

口に出すと更に怒りが湧く。

『……絶対に、許すものか』

スキアの瞳孔が完全に開ききる。すると叔父が突然、ミスティアの前髪を乱暴に摑《つか》み上げた。彼女が痛みに顔を歪《ゆが》め小さなうめき声をあげる。前髪に隠れていたミスティアの美しい顔がさらされ、ホード卿《きょう》がほうと感嘆の息を漏らした。

スキアはあまりの怒りに頭の中が真っ白になってしまう。

彼は怒りのままに剣を抜くと、叔父の首をそれで横なぎにした。しかし剣はするりとその首をすり抜けてしまう。斬られてはいないはずなのに叔父が喉元をさすった。見えない『何か』が喉を通り抜けたのを感じたのだろう。

『ハ……！　やはり顕現しなければ殺せないか』

スキアが自嘲する。

先ほどは『ミスティアが望まないことはしない』と口にしたものの、彼女に対するこの仕打ちは到底我慢ならなかった。ミスティアはこんな扱いをされるべきではない。精霊たちに裏切られた挙句、奴隷のように売り払われるなど、絶対にあってはならないことだ――。

スキアは内心独り言《ご》ちる。

（心を決めろ、ミスティアの前へ姿を現す時が来たんだ。もしかしたら彼女に拒絶されるかもしれないが……やむを得ない。あれだけの裏切りを経験すれば、精霊の姿などもう見たくもないだろうから。もうたとえ拒まれても、憎まれても構わない……。ミスティアを助けたい。彼女を貶《おとし》めようとする者すべてをこの世から消してやる）

ミスティアが窮地に立たされてしまった今、スキアに選択肢はなかった。

愛してやまない彼女に拒絶される恐怖よりも、ミスティアの身の安全の方がよほど重要だったからだ。

ゆえにスキアは今、屋根裏部屋のバルコニーで夜空を見上げているミスティアの後ろ姿を眺めていた。

(声をかけるなら今だろうか、しかしどの時機《タイミング》で顕現するべきか……)

開け放たれた大窓に、薄く透けたカーテンがひらひらと舞っている。その間から銀糸のごとき美しい髪が風に揺らいでいた。

(綺麗《きれい》だ……)

夜に耽《ふけ》るミスティアに見惚《みと》れていたスキアは、あることに気づきハッと息を呑《の》んだ。

ここは三階。しかもバルコニーへ出たミスティアは素足のままだ。まるで『ここを今から飛び降ります』とでも言いたげではないだろうか。

(まさかここから身投げするつもりではないだろうな……!?)

そんな恐ろしい憶測が描かれた瞬間、スキアはほぼ反射的にミスティアの魔力を吸っていた。

初めてミスティアから魔力を供給したスキアは、彼女の魔力量の多さに驚愕《きょうがく》する。

(まさかこれほどとは。大精霊である俺の魔力量を遥《はる》かに凌駕《りょうが》している)

暗がりの中で金色の粒子が幻想的に舞い、やがてその粒子はスキアの容《かたち》を造り上げた。

「――早まらないで」

彼女が振り向く。

煌《きら》めく紫水晶《アメジスト》の瞳がスキアの心臓を射貫いた。

スキアはミスティアに見つめられて、全身の血液が沸騰したように体が熱くなるのを感じた。

(きっと俺は、この日のために生まれてきたんだ)

そう思わざるを得ないほどの、凄まじい歓喜に体が震える。

生きているか死んでいるかさえわからなかったかつての地獄は、きっとこの喜びを際立たせるための些細《ささい》な出来事に過ぎなかったのだ。

「誰?」

鈴の転がるような美しい声がスキアの耳朶《じだ》に柔らかく響く。ゆえにスキアは優しく答えた。

「……精霊、だ」

自らが発したか細い声にスキア自身も驚く。光の大精霊ともあろうものが、たった一人の少女を前にしてただ立ちすくんでしまっている。見つめられるだけで心臓がどきどきと早鐘を打った。スキアは極めて慎重に彼女へ手を差し伸べる。

「死ぬなど考えないで。さあ、こちらへ」

その言葉に、ややあってミスティアが返事をする。

「何か勘違いしておられるようですが、ここから飛び降りたりなんかしませんわ」

彼女の凜《りん》とした声にスキアは虚をつかれた心地になった。そしてほっと胸を撫《な》でおろす。

(身投げするのではと驚いたが、どうやら俺の勘違いだったようだ)

「……だけど、身投げしても可笑《おか》しくない仕打ちを受けていた」

「え、なぜそれをご存じなのです？　近くにいらっしゃったのですか？」

「ああ。裏切者どもが離反したときから」

「裏切者って……」

そう、裏切者だ。

スキアが喉から手が出るほど欲しているミスティアの愛を、いとも簡単に手放した裏切者ども。

「最後の精霊を召喚した時、俺も召喚されていたんだ。だが精霊を四体も顕現させるのはあまりに荷が重いだろう？　ゆえに今まで姿を現さなかった。しかし今回、裏切者どもが席を空けたので、そこに座ったまで」

「じゃあ、貴方様《あなたさま》は……」

「正真正銘、あなたの精霊」

——だから、俺と契約して欲しい。俺をあなたの一番傍《そば》に置いて欲しい。

とスキアは言いかけるも、やっとのことで我慢する。ミスティアはシャイターンたちに裏切られたばかり。しかも彼らのせいで命さえ危ぶまれているような状況だ。彼女のことを思えば、決して無理強いなどできない。

「それにしても、精霊を召喚したのは五年も前になります。その間……一体どうお過ごしになられていたのです？」

スキアの状況を察したミスティアが、彼の身を慮《おもんぱか》ったような疑問を口にする。そんな彼女の気遣いに、スキアは緩やかに目を細めた。

（あなたは本当に優しい人だ）

「さぁ？」

スキアが答えをはぐらかし悪戯《いたずら》っ子《こ》のように微笑《ほほえ》む。

「……もしやずっと私から離れられなかったのでは？　であれば……本当に、申し訳ないことをしてしまいました」

「もしそうだったとしても俺が決めたこと。あなたに責はない」

しゅんと俯くミスティアへ、彼が優しい言葉をかけ慰めた。耳に心地好《よ》い言葉を投げかけつつ、スキアはこう目論《もくろ》む。

（ミスティアの罪悪感に漬け込んで無理やりに契約を強請《ねだ》れば、永遠に彼女の心は手に入らない。俺はあの裏切者どもとは違う。彼女の心を傷つけて自分に縋《すが》ってもらおうなど、暗愚のすることだ）

スキアは、ミスティアを裏切った水の上位精霊アリエルの姿を脳裏に思い浮かべた。

アリエルはミスティアを愛していながら、裏切ることで自分に縋ってもらおうと企《たくら》んだのだ。

(なんて愚かな)

スキアが心の中でアリエルを嘲《あざけ》っていると、ふいにミスティアが口を開いた。

「貴方様の、お名前は?」

その質問にスキアの心臓がドキリと跳ねる。

(焦るな。ここで名を答えてしまえばミスティアと本契約を交わすことになる。まずは彼女がそれを本当に望むのか確かめなければ)

「……名を明かせば、本契約になるが」

しかしそれでもスキアは沸きあがる喜びを隠すことができない。彼は緩む口元を慌てて引き締めた。しばしの沈黙が流れる。それからミスティアは決意を固めた面持ちでスキアを仰ぎ見た。

「お願いします。私と契約していただけませんか」

(…………!)

ミスティアの願いを聞いたスキアが、ごくりと喉を鳴らす。

今の彼は飢えた獣だ。目の前にごちそうを並べられて垂涎《すいぜん》している、飢えた獣――。けれどその獣は我慢強かった。

「あんなことがあったのに？」

スキアは、舌なめずりするように低く囁《ささや》いた。まるで獲物を見定める猛獣のように。そんな彼の様子に気づくことなく、ミスティアが必死な様子で言葉を続ける。

「既にご存じでしょう。精霊と契約しなければホード卿に嫁ぐことになります。彼は幼い妻を娶《めと》っては、いたぶる趣味の持ち主と聞きます」

（…………………）

彼女の言葉を聞き、スキアは考えた。ミスティアの覚悟は固いらしい。ミスティアが自分との契約を望んでいる——。そう考えた瞬間、彼は自分の中で抑えていた黒い感情が、堰《せき》を切ったようにあふれ出るのを感じた。

（良いんだな？　ミスティア。俺を選ぶのなら、もう二度とあなたを離してあげられない）

どろどろとした黒い執着心がスキアの理性を押し流していく。ミスティアが愛《いと》しい。愛しくてたまらない。ずっと彼女に会いたかった。言葉を交わしてみたいと願い続けた。そしてあわよくば、彼女に求められたいとも夢想した。

——そして今、その願いはすべて叶《かな》えられ現実となっている。スキアは自らの身に降りかかった幸運に心の中で感謝をささげた。

（愛しい人に求められることは、こんなにも甘美なものなのか）

まるで頭の奥がじんと痺《しび》れるような感覚。するとふいに、彼の中である悪戯心が芽生えた。何も欲しがらなかったあのミスティアが今、心の底から自分を求めてくれている。もし、ほんの少しだけ焦《じ》らしてみたら、彼女は一体どんな反応を見せてくれるだろうか。

「そんな男のもとに嫁ぐのは死んでも嫌だろうな。だが、俺が二つ返事で了承すると？」

「確かに勝手な話ではありますよね」

「あなたは俺に何をしてくれるのかな」

（……なんてな）

ミスティアがうんうんと考え込む仕草を見せる。その様子のあまりの可愛《かわい》らしさに、スキアは思わず頬を緩ませた。しかしこれ以上からかっては可哀想《かわいそう》だと、彼が口を開きかけたその瞬間。

「あなたのことを一生大事にして、愛することを誓います」

「……………………え」

予想外の返事が戻ってきた。スキアは驚きのあまりぽかんと口を開けてしまう。

「あっ、これは別にプロポー……」

とんでもない発言をしてしまったことに気づいたミスティアが撤回しようとする。

「へぇ。まさか、婚約を申し込まれるとは」

しかしそれをすかさずスキアが止めた。ミスティアはすっかり慌ててしまい、いつもの無表情は崩れその顔には焦りが滲《にじ》んでいる。

「ち、ちが」

「嬉《うれ》しいよ。喜んで受け入れる」

「えっ」

スキアは、姫に忠誠を誓う聖騎士のごとくミスティアへと跪《ひざまず》く。そして夜風に冷えた彼女の手を取り、そっと口づけを贈った。

「な、な、な」

ミスティアの白い頬が林檎《りんご》のように赤くなる。それをうっとりと見つめながらスキアはこう宣《のたま》った。

「俺の名前はスキア。よろしく、婚約者殿」

自らの名を明かし、スキアとミスティアが分かちがたい絆《きずな》を結ぶ。本契約が成立したのだ。

スキアの青い瞳に、目を丸くするミスティアが映り込む。

(俺はもうあなたを永遠に手放してあげられない)

夜に漂う雲が星明かりを遮っている。

その厚い雲は月光さえも覆いつくし、やがて二人を闇の帳《とばり》で包み込んだ。影の中、スキアは笑う。愛しい人に気づかれないよう、ほんのわずかに。このどす黒い執着心を決して彼女へ悟られることがないように。

(愛してる、ミスティア)

心の中で愛を囁きながら、スキアは密《ひそ》かに決意した。

(……あなたは俺を救ってくれた。だから今度は、俺があなたを助けよう)

彼の脳裏に、ミスティアと過ごした穏やかな日々が過《よぎ》る。まだ彼が未契約の精霊、『幽霊《ゴースト》』であったとき、確かにスキアはミスティアによって救われたのだ。

あれは、冬の寒さが厳しい、昼下がりでの出来事だった——。

スキアは悪夢を見ていた。

彼は精霊なので睡眠を必要としない。なのでこれは白昼夢と呼んだ方が正しいのだろう。

その白昼夢の中でスキアは戦場にいた。すべてが灰色の世界で、耳をつんざくような怒号が聞こえる。

そこでスキアは剣を手に次々と魔物を斬り伏せていく。しかし魔物はどこからともなく永遠と湧いてきて、終わりが見えない。そこらでは、昨日杯を交わした部下が息絶えて地に横たわっていた。その体を彼の親友である兵が踏みつけて魔物に怯《おび》え逃げていく。――そんな夢だ。

これを地獄と言わず何と呼ぼうか。

スキアがうなされていると、戦場に似つかわしくない小さな歌が聞こえ始めた。

何てことはない、この国に生まれた者なら誰もが知っているような子守歌。

(下手だな)

そこでスキアの悪夢は覚める。

ふと歌声のする方へ目を向けると、そこには一人の少女がいた。レッドフィールド家の小さな図書室で、一人本へ向き合っているこの彼女は、ミスティアという名の貴族令嬢だ。

『また今日も勉強か？』

スキアが疑問を投げかけるも、彼の声はミスティアへ届かない。彼女に存在を認識されていないのだ。この図書室に自分一人だけと思っているミスティアは、ひどくつたない子守歌を口ずさみ続ける。

『先ほどの歌はあなたのものだったのか』

スキアが苦笑する。――正直、ミスティアの歌はあまり上手とは言えない。

けれどその歌声はなんとも言えず可愛らしく、スキアの荒《すさ》んだ心を和ませた。

『あなたが、俺の悪夢を終わらせてくれたんだな……』

そう囁く声はどこまでも穏やかで。

スキアの、ミスティアを見つめる視線が彼の愛を雄弁に物語る。

ふいにミスティアが小さくくしゃみをした。窓の外には雪が降り積もっている。周囲は身も凍えるような寒さだというのに、ミスティアはつぎはぎのドレス一着しか身に纏《まと》っていない。

見かねたスキアは、寒さに震える彼女の肩を自らの外套《がいとう》で包み込んだ。

スキアは不可視の存在。本来であればこの行為はまったく無意味なものだ。しかしその時不思議なことが起こった。

ミスティアの周囲が仄《ほの》かに温まり始め、彼女の体の震えが次第に和らいでいく。そして白い息を吐きながら、ミスティアは小さく呟《つぶや》いた。

「気のせいかしら。なんだか、体が温かくなってきたような……」

まるで見えない誰かに抱きしめられているかのように。

その呟きを聞いたスキアがくすりと笑う。心地好い温かさに包まれながら、やがてミスティアは読書を再開した。

スキアは願う。

（今すぐにでもこの腕でミスティアを抱きしめて、彼女の寒さを温められたらいいのに）

やるせないが、今はその願いを叶えることはできない。

しかしもし、いつか彼女に触れられる日がくるとするならば。

（その時は、あなたも俺を抱きしめ返してくれるだろうか）

そうして二人は日が暮れるまでずっと寄り添っていた。寒さに震える主と彼女の見えざる精霊。

やがてやってくる幸せな日々を、この時の二人はまだ知らない――。

あとがき

初めまして、風野《かぜの》フウと申します。

ウェブでは『カゼノフウ』と、全てカタカナのペンネームで活動させていただいておりました。

この度は、『精霊に「お前は主人にふさわしくない、契約破棄してくれ！」と言われたので、欲しがっている妹に譲ります』を手に取ってくださり、本当にありがとうございます！

本作は私のデビュー作です。

思い入れのある作品であり、こうして本にしていただけたことをとても光栄に思っております。

そして美麗なイラストを描いてくださったＴＣＢ《ティーシービー》先生、本当にありがとうございました。

かねてより憧れていたＴＣＢ先生に、本作のイラストを担当していただけて感無量です。

主人公であるミスティアは『銀妖精』の呼称にぴったりな美人で可愛らしいキャラクター

デザインですし、ヒーローのスキアも、脳内でイメージしていた姿の何倍も格好いいデザインにしていただけました！　イラストから彼らの内面がにじみ出ているようです。本当に幸せです。センター分け、最高ですね。

そして、担当様にもこの場をお借りしてお礼申し上げます。

初めての書籍化作業にあたり、右も左もわからない私を導いてくださった担当様には、なんとお礼申し上げてよいかわからないくらいに感謝しております。

作品のことをとても大切にしてくださり、たくさんのアドバイスをくださって本当にありがとうございました！

また、本作の出版・販売に携わってくださった全ての方々にも深く感謝申し上げます。

最後になりますが、ここまでお読みくださり本当にありがとうございました。どうぞこれからもミスティアとスキアの今後を応援していただけると幸いです。

それでは、またお会いできることを祈って。

精霊《せいれい》に「お前《まえ》は主人《しゅじん》にふさわしくない、契約破棄《けいやくはき》してくれ！」と言《い》われたので、欲《ほ》しがっている妹《いもうと》に譲《ゆず》ります

2025年３月30日　初版発行

著／風野《かぜの》フウ
画／TCB《ティーシービー》
発行者／山下直久
発行／株式会社KADOKAWA
〒102-8177　東京都千代田区富士見2-13-3
電話 0570-002-301（ナビダイヤル）

印刷所／株式会社KADOKAWA
製本所／株式会社KADOKAWA

●お問い合わせ
https://www.kadokawa.co.jp/（「お問い合わせ」へお進みください）
※内容によっては、お答えできない場合があります。
※サポートは日本国内のみとさせていただきます。
※Japanese text only

定価はカバーに表示してあります。

ISBN 978-4-04-811481-3　C0093

◆◇◇